KB114683

弧源 홍원

신가 新무협 판타지 소설

FANTASTIC ORIENTAL HEROES

흉원 2

신가 新무협 판타지 소설

초판 1쇄 찍은 날 § 2017년 4월 19일
초판 1쇄 펴낸 날 § 2017년 4월 26일

지은이 § 신가
펴낸이 § 서경석

편집책임 § 조현우

펴낸곳 § 도서출판 청어람
등록번호 § 제387-1999-000006호
등록일자 § 1999. 5. 31
어람번호 § 제2-2705호

주소 § 경기도 부천시 부일로 483번길 40 서경B/D 3F (우) 14640
전화 § 032-656-4452 팩스 § 032-656-4453
http://www.chungeoram.com
E-mail § chungeorambook@daum.net

ⓒ 신가, 2017

ISBN 979-11-04-91293-1 04810
ISBN 979-11-04-91291-7 (세트)

2

弘源

홍원

신가 新무협 판타지 소설

FANTASTIC ORIENTAL HEROES

도서출판 청어람

弘源
홍원

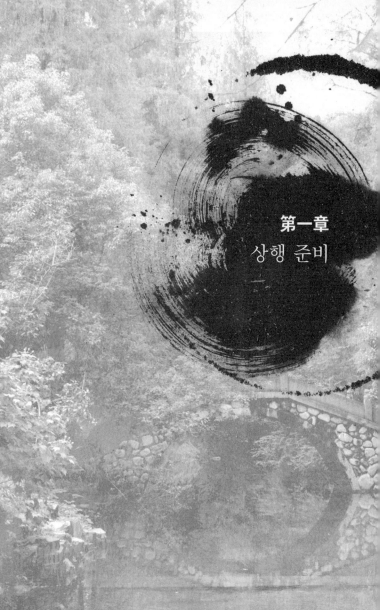

第一章

상행 준비

아직 깊은 밤이다.

종현과 헤어져 집으로 돌아온 홍원은 자리에 누웠으나 쉬이 잠이 들 수 없었다. 그저 누운 상태로 온갖 상념이 머릿속을 떠돌았다.

친구가 도와달라고 했고, 자신은 돕겠다고 했다.

그렇다면, 이제 어찌 도와줄 것인지 생각해야 했다. 자신은 사냥꾼에, 약초꾼에, 무인일 뿐이다.

장사라고는 하나 알지 못한다. 장사는 종현이 할 일이다. 홍원은 그저 종현이 장사를 잘할 수 있게 도와주는 것이 전부다.

'일단 밑천부터 마련해야 하는군.'

늦은 밤, 찾아온 종현과 화주를 마시며 나눈 이야기는 구체

적인 내용은 빠져 있다. 그 부분을 이제부터 채워넣어야 한다.

종현이 장사의 규모를 얼마로 생각할지부터 알아야 했다. 이미 그런 일을 겪었으니, 그리 크게 시작할 리는 없을게다.

'돈이 좀 아쉽구나.'

향산에서 캔 약초를 내다 팔아 밑천을 마련할 수야 있다. 하지만 홍원은 그보다 큰 돈을 가지고 있던 적이 있었다. 지금은 없지만.

은살림의 살수로 일을 하면서 돈을 안 받은 것이 아니다. 사부의 유진을 찾기 위해 은살림의 모처를 구석구석 뒤져야 했기에 은살림의 살수로 들어갔다.

그 조건으로 의뢰 열 개를 해결해 주기로 했고. 그렇다고 아예 아무 의뢰비를 안 받은 것은 아니다. 은살림에서 중간에 얼마를 챙겼는지 몰라도 홍원 몫으로도 제법 돈이 들어왔다.

그 돈은 모두 썼다.

살업으로 번 돈이다. 마음 편히 가지고 있었을 리 만무하다.

아무리 죽어 마땅한 악인들만 청부를 받아 들였다고는 하나, 살업은 살업이라는 생각이 들었다.

그런 피 묻은 돈은 피를 씻어내야만 한다. 그게 홍원의 생각이었다.

그래서 돈이 들어오는 대로 마구 썼다.

빈민가를 돕는 사람들에게 좋은 곳에 사용해 달라며 줬고, 가뭄이 들어 먹을 것이 없는 동네에 식량을 보냈다.

홍수로 고아가 늘어난 지역에는 고아들을 위해 돈을 보냈다.

그렇게 쓰니 벌었던 돈은 금세 모두 사라지고 없었다. 그렇게 그 돈들에 묻은 피가 씻겨 나가길 바라며, 마지막 의뢰의 착수금도 미련 없이 사용하고 숭무련으로 향했었다.

기이한 꿈을 꾸었을 때는 이미 수중에는 약간의 돈만 남아 있었다.

집으로 돌아와서 후회했다. 조금은 남겨둘 걸 하고.

하지만 어쩌겠는가. 홍원은 가족들이 이렇게 어렵게 살고 있을 거라고는 상상도 하지 못했던 것을.

그 꿈을 꾸지 않았다면, 아마 지금도 아무것도 모른 채 북해 어느 곳에서 무공 수련을 하고 있을지도 몰랐다.

꿈 덕에 고향으로 돌아왔고, 가족들을 보살필 수 있었기에, 그렇게 사용한 돈이 아깝다거나 그런 것은 아니었다.

단지 이런 일이 닥치니 조금 아쉽게 생각될 뿐.

그러나 딱 거기까지다. 돈이야 다시 벌면 된다. 홍원 자신에게는 그럴 능력이 있었다.

아침이 밝았다.

홍원은 곧장 종현을 찾아갔다. 밤사이 궁리한 것들을 의논해 봐야 했다.

이른 아침임에도 종현은 객잔 일 층에 내려와 차를 마시고 있었다.

"응? 이렇게 일찍 무슨 일이야?"

홍원의 모습에 종현이 놀란 얼굴로 물었다.

"나보고 도와달라고 한 건 너다."

홍원의 대답에 종현이 얼떨떨한 얼굴로 고개를 끄덕였다.

"그렇긴 하다만."

불과 몇 시진 전의 일이다. 모를 리가 없다.

그래도 이건 너무 빨랐다.

오늘 다시 보기로 한 건 맞지만. 이런 이른 시간에 올 거라고는 생각지도 못했다. 아직 어젯밤에 흘린 눈물의 여운이 채 가시지도 않은 때다.

"잠은 잘 잔 모양이구만."

그런 종현의 얼굴을 보며 홍원이 피식 웃으며 말한다. 어느새 홍원은 종현 맞은 편에 앉았고 눈치 빠른 점소이가 잽싸게 따뜻한 차를 대령했다.

"답답하던 게 내려가니, 그래도 좀 자긴 했지."

홍원은 자신 몫의 소면과 만두, 소채를 주문하고는 말했다.

"난 한숨도 못 잤다. 네 녀석을 과연 어떻게 도와야 할까 생각하느라."

홍원의 말에 종현은 일순 당황했다. 뭐라 말을 꺼내야 좋을까 한창 고민하는 얼굴이다. 그 모습에 홍원은 다시 한번 피식 웃었다.

"어깨에 힘 좀 빼라니까. 아직 멀었어."

"거참……."

홍원의 말에 할 말이 없다는 얼굴로 종현은 고개를 가로 저었다.

"그래, 그럼 무슨 생각을 밤새 했는지 좀 들어보자."

종현이 편안한 자세로 물어본다. 그 모습에 홍원이 빙그레 미소 지으며 머리를 끄덕였다.

"그렇지. 그렇게 힘을 빼면 되는 거야. 친구는."

홍원의 말에 종현의 얼굴이 살짝 붉게 물들었다. 그런 종현의 반응에 아랑곳 않고 홍원은 말을 이었다.

"너. 약초 거래는 좀 했었던가?"

종현의 상단인 서희 상단에서 약초 거래를 했던 것은 알고 있었다. 읍성에 돌아온 다음 날, 읍성의 약초와 사냥 부산물 시장을 알아보느라 돌아봤을 때 이미 확인했었다.

"아버지 전문 분야였지. 그래서 꾸준히 하고 있었고. 난 새로운 거래 품목을 만들어 보려고 향신료에 관심을 둔 것이고."

"흐음. 그럼 넌 약초 거래는 어느 정도 규모까지 할 수 있는 거야?"

"약초로 자본을 만들려는 거냐?"

홍원이 묻는 의도를 알겠다는 듯 종현이 되물었다.

"내가 할 줄 아는 게 사냥이랑 약초 캐는 거니까. 사냥은 좀 위험할 것 같고."

"어제 네가 가지고 있던 약초들 정도는 수없이 거래했지."

"그 정도로는 부족한 거 나도 안다."

홍원도 약초를 많이 팔았기에 자신이 캐 온 약초의 가치 정도는 알고 있었다.

자신의 가족들이 먹고 사는 데는 충분하고도 남을 가치를 지녔지만, 상행의 자본으로는 턱없이 부족했다.

아무리 둘이서 떠나는 상행이라 하지만, 타국으로 가서 향신료를 가지고 오는 일이다. 이것도 무역이라면 무역이었다.

"일단 작게 시작해야지."

종현도 자신의 사정은 잘 안다는 듯 이야기했다.

"뭐, 향산 좀 잘 뒤지면 더 가치 있는 약초도 찾아올 수 있다. 단지 그것을 제값을 받고 처분할 수 있느냐가 문제지. 일단 성현으로 나가야 할 텐데. 네가 거래를 할 수 있느냐 그게 문제야."

홍원의 자신만만한 말에 종현은 살짝 놀랐다가 이내 신색을 회복했다.

그렇다. 자신은 눈앞이 이 친구에게 남면의 길잡이를 부탁했다. 그럴 능력이 충분하다고 판단하고. 남면을 뚫고 지나갈 능력을 지닌 친구라면, 분명 저 정도 일은 하고도 남을 것이다.

"다행히 아직 상단 허가증은 가지고 있다. 처분하려고 했지만 미련이 남아서 며칠만 더 가지고 있자는 심정으로 가지고 있었지. 뭐, 도 영감한테는 필요 없는 거라 값을 쳐주지도 않았고."

종현이 피식 웃으며 말했다.

"그거면 다시 천화국을 다녀오는 데도 문제없고 성현에서 약초 거래하는 데도 문제없다. 그래서 너에게 도와달라고 한 거고."

"알았다. 그거면 됐어."

마침 점소이가 주문한 음식을 가지고 왔다. 눈치 빠르게 종현의 것과 함께 가지고 왔기에 두 사람은 아침 식사를 시작했다.

종현과 헤어진 홍원은 도구를 챙겨서 곧장 향산으로 향했다.

깨달음을 얻어 향산의 기운을 명확히 보게 된 이후로는 영약에 이른 약초들도 금세 찾을 수 있게 되었다. 그리고 이미 예전에 몇 곳 봐둔 약초도 있었기에 홍원의 발걸음에는 거침이 없었다.

산의 길로 들어선 홍원은 경공을 펼치며 빠르게 북면을 향해 갔다.

아직은 마기가 잠잠할 시기인지 마수들의 기척은 거의 없었다.

홍원은 곧 예전에 찾아두었던 산지초가 있는 곳으로 향했다.

"설마 이걸 이렇게 쓸 줄이야."

대략 육백 년 정도 묵은 선지초다.

모용연이 동생의 약을 만들기 위해 필요하다고 한 자홍선지초를 찾으면서 발견했던 선지초였다.

수령이 모자란 것을 알고는 그냥 두고 지나쳤었다.

그런 선지초가 두어 개 더 있다.

홍원은 이번에 그것들을 모두 캘 생각이었다. 다른 약초들도 찾을 수 있지만, 이미 자신과 인연이 닿아 눈에 띄었던 녀석들을 가지고 가기로 마음먹었다.

인연이 있는 다른 이들에게 가라고 놔두었던 녀석들인데, 그 인연의 주인은 아마도 자신의 친구, 종현인가 보다.

홍원은 능숙한 손놀림으로 선지초를 캔 후, 늘 수련하던 그곳으로 향했다.

향산에 들어온 지 이제 반 시진 정도 지났을 뿐이다.

그사이 이런 영초를 가지고 읍성으로 돌아가면 난리가 날지도 모르는 일이다.

최소한 사흘은 있다가 내려갈 작정이었다.

이미 종현에게도, 그리고 가족들에게도 그리 일러둔 터였다.

종현은 그 사흘간 앞으로의 계획을 다시 한번 점검할 예정이었다.

사흘간 홍원은 쉬지 않고 창을 휘둘렀다.

새로운 깨달음이 점점 더 자신과 한 몸이 되고 있었다.

그리고 볼 수 있었다.

그 너머에 있는 또 다른 벽을.

천선이라 이름 붙은 거대한 벽.

"후우. 사부님, 천선은 대체 무엇입니까?"

홍원은 들을 사람도 없는 곳에서 담담히 중얼거렸다.

사부께서 등선하실 때, 사부께서 오른 경지를 안다고 생각했다.

숭무련주를 죽일 때, 그 비슷한 경지에 올랐다 생각했다. 하지만 이번에 그것이 자신만의 착각이었음도 깨달았다.

사부의 경지는 자신이 도무지 상상도 하지 못할 곳에 도달해 있는 것 같았다.

"어쩌면 천선문주만의 마지막 오의와 심득마저 뛰어 넘으셨을지도 모르겠어."

아니, 분명 그럴 것이다.

그랬기에 본문으로 귀환하지 않으시고, 천하를 주유하신 것이리라.

그리고 홍원 또한 본문으로 귀환할 생각이 없었다.

자리에 연연하면 쓸데없는 분란만 생길 뿐이다. 그것을 사부께 배웠다.

"후우."

홍원은 살짝 맺힌 땀을 닦으며 바위에 기대어 앉았다.

"기분 나쁜 녀석까지 떠올라 버렸군."

사부님을 추억하다가 떠오른 인물, 숭무련주.

씹어 먹어도 모자를 나쁜 놈이었다. 아니, 짐승만도 못한 놈이다. 아니, 짐승에 비교하기에는 짐승들에게도 미안해질 그런 놈이다.

사부님을 떠올리다가 그런 놈이 함께 떠오르다니, 기분 나쁜 일이다.

사부님의 경지가 그런 놈과 비슷하다 생각했다니, 사부님께 절로 죄송했다.

그놈의 항문을 검으로 쑤실 때 알 수 있었다. 정면으로 싸워도 자신이 이길 수 있음을. 하지만 숭무련 한가운데서 그렇게 할 수는 없었다.

숭무련주의 의뢰인에 대해 문득 떠올랐다.

그러고 보니 더욱 열이 뻗쳤다.

홍산과 홍해가 떠올랐기 때문이다.

"젠장. 칼로 자근자근 저며서 죽였어야 했어."

살수라는 일을 무척이나 혐오하고 싫어했던 홍원이었다. 하지만 숭무련주를 죽인 일만은 예외였다.

아니, 고향으로 돌아와 자신의 쌍둥이 동생 홍산과 홍해를 만난 이후에는 너무 고통 없는 죽음을 준 것 같아, 그것이 후회가 될 지경이었다.

"그러고 보니… 숭무련은 어찌되었을까?"

자신과 상관없는 일이었지만 문득 궁금해졌다.

무려 이황이제일선의 오천존 중 한 명이 죽은 일이다. 천하가 요동을 치지 않으면 이상한 일이다.

한데 읍성은 조용했다. 그 정도로 변방에 위치한 고향이었다.

그랬기에 홍원은 이곳에서 조용히, 가족들과 행복하게 살기를 원하는 것이다.

"그들도 무사할지 모르겠군."

홍원은 문득 마지막 의뢰인들을 떠올렸다. 숭무련주의 제자들인 쌍둥이 남매를.

자신은 숭무련주를 제거한 후 곧장 도주했기에 성공 보수를 수령하기로 한 곳에 나가지 못했다.

이내 홍원은 머리를 가로저었다.

"이제 나랑은 상관없는 일이다. 죽림은 이 세상에서 사라졌으니까."

홍원은 이제 전부 홀홀 털어버렸다는 듯이 일어나다가 멈칫했다.

"아, 아직은 죽림이 사라지면 안 되는구나."

림주와 송림.

그 둘과는 해결해야 할 일이 있었다. 그러고 나면 비로소 죽림은 이 세상에서 사라질 것이다.

하지만 친구를 돕는 것이 먼저다.

어차피 그들을 지금 당장 찾는 것은 무리였다. 하지만 언제고 찾아서 종현의 빚을 몇백 배로 받아낼 작정이다.

사흘은 금세 흘렀다.

홍원은 제법 남루해진 복색으로 읍성을 향해 동면을 내려갔다.

사흘간 열심히 산속에서 약초를 찾아 헤맨 약초꾼의 모습을 하고 있어야 했다.

정오가 좀 지난 시각.

홍원의 눈에 읍성의 성문이 작게 들어오기 시작했다. 홍원의 걸음에 차츰 힘이 들어갔다.

그렇게 성문 근처에 갈 즈음.

홍원의 두 눈에 익숙한 얼굴이 보였다. 이곳에 있을 리 없는 얼굴이다.

"생각보다 빨리 왔구나."

철우였다.

"네가 여긴 웬일이야?"

"오늘 아침 성문 열 때부터 나와계셨어요."

오며 가며 이젠 제법 친해진 수문병이 홍원을 보고 말해주었다.

필경 자신이 언제 올지 모르니 주구장창 기다리고 있었던 것이 분명하다.

"표행 없나?"

홍원의 물음에 철우는 피식 웃고는 뒤돌아서 성내로 들어갔다. 홍원은 말 없이 그 뒤를 따랐다.

분명 자신에게만 할 이야기가 있었기에, 이렇게 기다린 것이리라.

묵묵히 철우가 걸음을 옮기는 곳은 자신의 집이었다.

표두가 된 후 독립해서 혼자 살고 있는 철우다. 아직 일가를 이루지 못했기에 집에는 아무도 없었다.

하지만 집 안은 깔끔했다. 도무지 남자 혼자 산다고 보이지 않았다. 언젠가 가봤던 진구의 집과는 전혀 다른 세상이었다.

"그러고 보니 네 녀석 집은 처음이네. 그런데 우렁이 각시라도 키우는 거냐?"

홍원의 물음에 철우는 피식 웃었다.

"일 없다."

철우는 방 한 쪽에 있는 다탁에 앉았다. 홍원은 선지초가 든 망태기를 내려놓고는 철우의 맞은편에 앉았다.

"무슨 할 말이 있기에, 성문이 열릴 때부터 그곳에서 날 기다리고 있는 거야. 언제부터 그런 거야?"

"해아에게 네가 오늘쯤 돌아온다고 들었다. 가족들에게 말한 건 칼같이 지키는 녀석이니, 오늘 아침에 처음 나갔다."

철우의 말에 홍원은 고개를 끄덕였다.

집에서는 아마 자신이 읍성에 들어온 것을 알 것이다. 백린이 녀석이 자신의 냄새를 맡았을 테니까. 자신이 읍성에 들어올 때 백린이 보이는 반응을 홍해는 너무 잘 알았다.

"오래는 못 있는다. 아니면 집에 다녀와서 이야기 하든지."

"그 똥개 녀석 참 대단하네."

홍원이 한 말의 속뜻을 알고 있다는 듯 철우가 피식 웃었다.

"신소리 말고."

"알았다."

곧 철우의 얼굴이 진중해졌다.

"종현이 다시 남면으로 간다고 들었다. 네 녀석이랑."

홍원은 고개를 끄덕였다.

"고맙다."

그 말을 하려고 자신을 기다린 것은 아닐 것이다. 홍원은 그저 철우를 가만히 바라보았다.

"남면에 대해 이야기해 주려고 한다. 좀 길어질 수도 있다만……."

철우가 저런 이야기를 꺼내면 어쩔 수 없다. 중간에 집에 잠시 다녀온다고 일어날 수 없는 분위기다.

자신이 좀 늦더라고 큰 걱정은 하지 않을 것이다. 이미 읍성에 들어온 것을 알고 있을 테니. 또 진구랑 어디 주막에 갔다고 생각할 테지.

홍원은 철우의 말에 귀를 기울였다.

＊　　　　＊　　　　＊

철우의 집에서 나선 것은 신시(申時) 중반 무렵이다. 해가 짧은 겨울인지라 벌써 그림자들이 길게 늘어져 있다.

홍원은 걸음을 서둘러 종현에게 세 뿌리의 선지초를 맡겼다. 종현은 턱이 빠져라 입을 벌리고는 다물지를 못했다.

약초 구하겠다고 사흘간 향산에 들어갔던 친구가 이런 영초들을 가지고 올 줄은 상상도 못했기 때문이다. 종현은 아직 몇 번은 더 향산에 다녀와야 충분한 준비가 되리라 생각했다.

그래서 다음 산행에는 자신도 함께 가겠다 말할 참이었다. 자신의 일에 이렇게 발 벗고 나서는 친구를 그냥 보고만 있을 수 없었다.

한데 한 방에 이런 영초들이라니.

종현은 새삼스러운 눈으로 홍원을 바라보았다.

"너… 대체 정체가 뭐냐?"

종현의 물음에 홍원은 그저 빙긋 웃을 뿐이다.

"운이 좋았다. 너에게 인연이 있는 영초겠지."

홍원의 말에 종현은 졌다는 얼굴로 한숨을 내쉬었다.

"후우. 어쨌든 덕분에 계획은 빨라지겠네. 이런 영초는 읍성에서는 처분 못 한다는 거 알지?"

홍원은 고개를 끄덕였다.

그렇잖아도 성현까지 가서 내다팔 생각이었다.

"그러고 보니 너 아직 성현에는 한 번도 안 다녀왔구나."

고향에 돌아온 지 제법 시일이 흘렀음에도 홍원은 줄곧 읍성과 향산에만 있었다.

"어쩌다 보니 그렇게 됐네."

"지난번에 성현에 들렀을 때, 비영이 녀석이 많이 섭섭해 하더라. 고향까지 와서 얼굴 한 번을 안 보여 준다고."

종현의 말에 홍원은 피식 웃었다.

"내가 할 말이네. 녀석. 어찌 그동안 읍성에 한번 오지를 않으냐."

"그건 둘이서 알아서 해결해라. 이제 성현에 가야 하니. 설마 이런 영초를 나 혼자 가서 팔아오라는 건 아니지?"

"가야지. 내일 가자. 비영이 녀석 얼굴도 볼 겸."

그렇게 다음 날 일정을 약속하고 홍원은 종현과 헤어져 집으로 향했다.

시각은 이제 신시 말이었다. 그림자는 더욱 길어져 있다.

집으로 걸음을 옮기는 홍원의 기감에 백린의 기척이 느껴졌다.

"그러고 보니 오늘 학관을 가는 날이군."

산을 들락거리다 보니 날짜 감각이 없어졌다. 오늘은 홍산과 홍해가 학관에 가는 날이니 백린이 녀석도 학관 마당에 있을 터.

그러면 자신이 돌아온 것을 백린이 느꼈어도 따로 기척을 내지는 않았을 거다. 빨리 움직이던 홍원의 걸음이 천천히 느려졌다.

그러고는 이내 방향을 돌렸다.

마침 학관이 마친 듯, 백린이 천천히 움직이는 것이 느껴졌기 때문이다. 이렇게 된 거, 아이들과 함께 집으로 들어가는 것도 괜찮을 거 같았다.

"우와! 신기하다!"

"그렇지? 멋지지?"

등 뒤에서 들려오는 친구의 말에 신이 난 홍해가 돌아보며 물었다. 학관이 막 마친 시간.

그동안 백린을 타고 다니는 홍해를 쳐다만 볼 뿐 근처에는 오지 못하던 친구들이었다. 홍해는 도무지 이해할 수 없었지만 그러려니 했다.

모두가 그런 것은 아니었기 때문이다.

지금 자신의 뒤에서 함께 백린을 타고 있는 아연은 백린을 신기하게 보기도 했고 가끔 다가와 만져보기도 했었다.

그리고 백린의 등에 올라타는 홍해를 반짝이는 눈으로 쳐다보기도 했었다.

그 모습에 오늘 홍해가 한번 타보겠냐는 말을 꺼내기 무섭게 잽싸게 뒤에 올라탔다.

백린이 싫어하면 어찌하나 걱정했는데 다행히 백린은 괜찮은 모양이었다.

홍해가 짧은 팔을 뻗어 백린의 목덜미를 토닥여 주었다.

"고마워. 백린아."

홍해의 말에 백린은 머리를 으쓱했다. 어깨를 움직이면 등에 올라탄 아이들이 떨어질까 가볍게 머리만 움직인 것이다.

그 모습을 홍산은 한심하다는 얼굴로 쳐다보았다.

"평소에는 그렇게 새침한 척, 도도한 척 하더니."

그 말에 아연의 고개가 획 돌아갔다.

"시끄러. 애늙은이. 내가 강아지를 얼마나 좋아하는데!"

홍산의 얼굴이 붉게 물들었다. 별로 좋아하는 소리는 아닌 듯했다.

저 커다란 개를 강아지라니. 백린 보고 강아지라 하는 이는 동생인 홍해 말고는 처음이었다.

"둘 다 그만해."

막 홍산이 입을 열어 무어라 하려는 찰나 홍해가 끼어들었다.

홍원은 그런 모습을 멀찍이서 바라보고 있었다.

'저 아이는 분명 그때……'

아연을 알아보았다. 홍산이 형편없이 두들겨 맞고 있을 때 산의 얼굴을 닦아주고 갔던 아이였다.

고작 열 살 아이가 어른스럽다고 생각했었는데, 홍해와 어울려 백린의 등에 있는 모습을 보니, 아이는 아이라는 생각이 들었다.

저 모습이 보통이었다. 홍해와 같은 여느 열 살 아이의 모습이다.

아연의 말대로 홍산이 애늙은이같이 이상한 거다. 자신이 없었던 탓이다.

너무 의젓해져 버렸다.

괜시리 미안한 마음에 가슴 한쪽이 시큰거렸다.

그러고 보니 저 아이들도 줄곧 읍성 안에서만 있었겠다는 데 생각이 미쳤다.

읍성 밖에는 나가본 적이 있을까?

홍원은 아이들을 향해 천천히 다가갔다. 기척을 가장 먼저 알아차린 것은 역시 백린이다.

백린의 움직임에 이내 홍해도 알아차렸다.

"오라버니!!"

홍해가 반갑게 외쳤다.

"아, 형님. 이제 돌아오시는 길이세요?"

홍산도 홍원을 보고 인사를 건넨다. 그 와중에 이상해진 것은 아연이었다.

오랫동안 집을 떠났다가 돌아왔다는 홍산의 형임은 금세 알수 있었다. 그런데, 인사를 건네기에는 백린의 등에 있는 지금 모습이 자못 예의 없어 보였다. 그렇다고 얼른 내리기에는 백린의 등이 제법 높았다.

홍원은 빙그레 웃으며 안절부절 못하는 아연을 향해 인사를 건넸다.

"반갑구나. 홍산, 홍해 잘 부탁한다."

그 모습에 아연은 결국 백린의 등에서 꾸벅 고개를 숙여 인사했다.

"안녕하세요. 신아연이라고 합니다."

아연의 얼굴이 붉게 물들었다.

"오라버니. 학관에서 나랑 제일 친한 친구예요. 백린도 예뻐해 주고요."

홍해가 말했다.

"고맙구나, 아연아."

홍해의 말에 홍원의 미소는 더욱 진해졌다. 지난번 봤을 때 마음 씀씀이가 좋은 아이라는 생각을 했었다. 그래도 이렇게 동생을 통해 직접 들으니 더욱 고마웠다.

"이제 학관을 마친 거야?"

"네."

홍산이 답했다.

"그럼 같이 가자."

"아, 저, 저는……."

원래 백린의 등에 탈 때 아연의 집을 들렀다가 가기로 한터였다. 아연의 집까지 백린을 타고 가기로 한 것이다. 그런데 홍원의 등장으로 그렇게 하기가 애매해졌다.

"아, 아연이네 들렀다 가기로 했는데 그렇게 해도 될까요?"

그 연유를 가장 먼저 짐작한 홍산이 홍원에게 물었다.

"당연히 되지. 그렇게 하도록 하자."

그렇게 넷은 우선 아연의 집으로 향해, 아연을 내려주었다.

"오늘 감사했습니다."

아연은 홍원을 향해 꾸벅 고개를 숙였다.

그리고 백린의 목덜미도 쓰다듬어 주었다.

"백린도 오늘 엄청 고마웠어."

백린은 아연의 얼굴을 한 번 핥아주는 걸로 인사를 대신했다.

아연이 들어간 후 셋은 집으로 향했다.

"너희 읍성 밖은 나가본 적이 있던가?"

홍원의 물음에 홍해는 고개를 가로저었다.

"작년에 아버님 묘소에 가느라 진구 형과 한 번 성 밖으로 나간 적이 있어요."

진구에게는 듣지 못한 이야기다.

홍원은 말없이 홍산의 머리를 쓰다듬었다.

"내일. 종현이와 성현에 가야 할 것 같다. 이번에 제법 귀한 약초를 캐와서, 읍성에서는 처분이 안 될 것 같아서 말이야."

두 아이의 눈이 초롱초롱해졌다.

홍원이 무슨 의도로 저런 말을 하는지 귀신같이 눈치챈 것이다.

"너희도 함께 갈까?"

"네!"

홍해는 즉각 대답했다. 아주 기쁜 얼굴이다. 하지만 홍산은 망설였다.

이미 얼굴에는 기대가 가득했으나, 망설인다.

"저… 그럼 학관은……."

평소의 녀석답지 않게 말을 질질 끊다.

이성과 감성이 한창 싸우는 것이리라.

마음은 형을 따라 성현에 가라고 하는데, 머리는 학관에서 공부를 하라 하는 것이다.

홍원은 여전히 홍산의 머리를 쓰다듬고 있다.

"너희는 아직 어려. 이런 때 잠시 쉬어 간다고 무슨 큰일이 나는 게 아니다. 며칠 공부 늦는다고, 네가 할 공부에 지장이 생기는 것도 아니야."

"네!"

형의 말에 홍산은 걱정을 떨친 얼굴로 힘차게 대답했다.

아이들과 집에 도착한 후 잠시 학관에 다시 다녀와야겠다는 생각을 하며 홍원은 걸음을 옮겼다.

어머니께 성현 나들이에 대해 말씀 드리니 웃으며 허락하신다.

그런 어머니의 웃음을 보며 홍원은 마음 한구석에 걱정이 생겼다.

과연 남면행을 어떻게 말씀드려야 할까.

남면으로 향한다는 말씀을 드려야 할까, 적당한 핑곗거리를 만들어 거짓말을 해야 할까.

종현이 도와달라 했을 때, 한 치의 고민도 없이 돕겠다고 했다.

그것이 자신의 진심이니까.

그런데, 막상 어머니의 웃음을 보고 나니, 그때 생각지 못한 고민이 생겨 버렸다.

깊은 밤.

처마 한 쪽에 가만히 엎드려 있던 백린의 머리가 움직였다. 그러고는 코를 킁킁 거린다.

입가에는 침이 살짝 흐른다.

읍성에 들어온 지 제법 시일이 흘렀는데, 그동안 영약 냄새도 맡지 못하고 지냈었다.

그러던 차에 오늘 주인의 몸에서 영약의 향기를 느꼈다. 아직 덜 익은 녀석들이라 그렇게 맛있을 것 같지는 않았지만, 그래도 식욕을 동하게 하는 향이었다.

지금까지 참고 있었던 것만으로도 이미 인내력은 바닥이 났다.

백린을 벌떡 일어나 쏜살같이 달렸다. 어느새 하얀 바람이 되어 읍성 서쪽 성벽을 넘어서 사라졌다.

백린이 사라지자, 홍원이 문을 열고 밖을 내다 보았다.

"녀석."

홍원은 피식 웃었다.

자신이 홍산과 홍해에게 모습을 드러냈을 때, 백린이 움찔하는 기색을 느꼈다. 아주 미세했기에 아마 등에 올라탄 홍해와 아연도 느끼지 못했을 것이다.

그때 직감했다. 선지초 냄새에 식욕이 돌았구나 하고.

"내일 아침까지는 오거라."

향산의 높은 봉우리를 바라보며, 홍원은 낮게 중얼거리고 문을 닫았다.

백린은 정말로 빨랐다. 홍원이 북면에 가는 데 걸린 시간보다 훨씬 빠르게 북면의 중심에 들어섰다.

지난번에 왔을 때, 자홍선지초 말고 다른 냄새도 여럿 맡았었다.

하지만 주인의 부탁에 자홍선지초만 찾고 이 산을 내려갔었다. 오늘은 아니다.

이 중에서도 가장 맛있는 냄새가 나는 녀석을 먹고 말 것이다.

지난번과 다르게 신경을 건드리는 녀석들이 없어서 더 좋았다. 사방에서 진동하는 향긋한 영약 냄새에 백린은 더욱 기분이 좋았다.

지난번 태황산에서와 같은 실수를 범하지 않을 것이다. 맛있는 냄새가 난다고, 눈이 뒤집혀서 너무 빨리 모두 먹어 치워 버렸다.

이번에는 아껴 먹을 것이다.

백린은 금세 점찍은 냄새의 근원에 도달할 수 있었다.

그것은 열매였다.

거대한 나무의 한 가지 끝에 영롱한 빛을 내며 달려 있는 열매.

처음 보는 종류다. 하지만 저 열매에서 풍기는 냄새는 분명 엄청난 영약의 냄새다. 두 번 생각할 것도 없었다. 처음 보는 것이지만 망설임 따위도 없었다.

백린은 훌쩍 뛰어올라 한입에 열매를 먹어치웠다. 입속에 들어오자마자 액체로 화해 목구멍으로 넘어간다.

식도를 훑는 그 청량한 감각이란, 그리고 혀끝에 남아 있는 알싸하면서도 달달한 그 맛.

예사 영약이 아니다.

찰나에 먹어버린 영약이지만 그 맛의 여운은 길었다. 백린은 그 자리에 가만히 서서 그 여운을 즐겼다.

백린은 이 맛에 영약을 그리도 탐한다.

그렇게 즐거운 때. 영약의 기운이 배 속에 도달했을 때 백린의 표정이 변했다.

달랐다.

다른 영약과는 배 속에서의 반응이 달랐다. 갑자기 위장이 꼬여서 불에 타는 듯한 통증이 일었다.

"끼잉……."

백린의 입에서 절로 신음이 일었다. 하지만 가만히 신음만 흘리고 있지는 않았다. 백린의 몸에서 강대한 기운이 몰아치면서 몸집이 커지기 시작했다.

자신을 고통스럽게 만드는 기운에 저항했다. 크게 벌린 입 밖으로 혀를 내밀고는 연신 숨을 몰아쉰다.

온몸에 열이 차올랐으나, 혀 말고는 이 열을 발산할 곳이 없다. 백린은 더욱 자신의 기운을 끌어올렸다.

백린을 중심으로 기이한 기운이 몰아치기 시작했다.

그럼에도 통증은 계속해서 심해졌다. 사납게 빛나던 백린의 눈이 점점 흐려지기 시작했다. 통증에 조금씩 밀리고 있었다.

"허어… 어이해 이런 일이… 어찌 마령과(魔靈果)를……."

그때 누군가가 탄식을 내뱉으며 모습을 드러냈다.

산인이었다.

"네 녀석은 대체 어찌된 녀석이기에, 마령과를 먹었느냐?"

개가 대답할 리 없다는 걸 알지만 산인은 심유한 눈으로 그저 백린을 바라보았다.

"기이한 일이로구나. 네 녀석은 이곳의 동물이 아니거늘. 어찌 이런 기운을… 허어… 대체 주인이 누구길래, 이런 영약들을… 이미 네 녀석도 영물이 되었구나."

산인은 한눈에 백린의 내력을 알아 보았다.

이윽고 천천히 손을 뻗어 백린의 머리에 올렸다.

"이런 정성을 들여 널 돌본 주인을 봐서 도와주마. 앞으로 이 산에서 아무것이나 주워 먹으면 안 되느니라. 마령과는 마기를 머금은 마목(魔木)이 우연히 영기가 맺힌 땅에 뿌리를 내렸을 때만 열리는 혼돈지기를 머금은 열매다. 아무나 먹을 수 있는 것이 아니어서, 내 완전히 익으면 따내려고 그간 지켜보고 있었는데… 네 녀석이 빨랐구나."

마령과는 가지 속에 숨어서 열린 후 완전히 익어야 가지 밖으로 그 모습을 드러낸다. 산인은 마목의 기운으로 마령과가 생긴 것을 알았을 뿐, 어느 가지로 마령과가 맺힐지 몰라 매일 같이 지켜봤던 것이다.

백린에게 말을 건네는 가운데 산인의 손에서 한 줄기 기운이 뻗어 나와 백린을 어루만졌다. 백린의 몸 속을 헤집는 기운과 그것을 막으려는 백린 본연의 기운 사이에 끼어들어서 서서히 움직이기 시작했다.

세 기운은 서서히 조화를 이루어 움직이기 시작했다. 그 즈음 산인은 천천히 자신의 기운을 회수했다. 그럼에도 남은 두 기운은 조화를 이루어 움직였다.

산인은 백린에게서 한 발짝 떨어졌다.

그 순간.

백린의 몸이 급속도로 팽창하기 시작하더니 이윽고 펑 터졌다.

강렬한 기운의 폭발이다.

그 폭발의 광풍 한가운데.

백린이 도도한 얼굴로 서 있었다.

몸집은 오히려 작아졌다. 전에는 너무 거대해 늑대와도 같은 몸집이었다면, 지금은 조금 큰 개 정도다.

털 색깔도 변했다.

은빛처럼 보이는 새하얀색과 모든 빛을 빨아들이는 기세의 새까만 흑색이 층층이 져 있었다.

"허허. 내 그리 오래 살지는 않았다만, 그래도 적지 않은 세월인데, 개가 환골탈태를 하는 것은 처음 보았구나. 들어본 적도 없는 기사(奇事)로다. 이제 되었으니 어서 집으로 돌아가거라. 그리고 앞으로는 내 말한 대로 아무것이나 먹으면 안 된다. 다음에는 이렇게 도와줄 일도 없을 게야."

산인의 말을 모두 알아들었다는 듯, 백린은 고개를 꾸벅하고는 그 자리를 벗어났다.

북면으로 들어올 때는 백풍의 백린이었다면, 돌아갈 때의 백린은 흑백광을 흩뿌리고 있었다.

第二章

성현으로

아침이 밝았다.

시리고도 시린 기운이 읍성을 뒤덮고 있었다.

홍원이 이른 시간에 문을 열고는 방 밖으로 나왔다. 주변을 두리번거리며 백린을 찾았다.

상당히 늦게 백린이 돌아온 기척을 느꼈기에 무슨 일이 있었던 것인지 궁금했기 때문이다.

백린의 모습을 확인한 홍원은 깜짝 놀랐다.

몸집이 달라져 있었고 털 색깔이 달라져 있었다.

"대체 무슨 일이 있었던 거냐?"

홍원은 백린에게 다가가서 물었다. 백린은 가만히 엎드려 있을 뿐이다.

간밤의 경험은 백린에게도 너무 힘든 일이었다. 아직도 그 고통이 생생했다.

"녀석."

의외의 모습에 홍원은 백린에게 다가가 머리에 손을 올렸다. 대체 무슨 일이 있었던 것인지 자신의 기운을 백린에게 불어넣어 그 내부를 살폈다.

지난 깨달음 덕에 홍원은 금세 그 상태를 알아 차릴 수 있었다. 미약하게 남아 있던 산인의 기운도 느꼈다.

모든 것을 알게 된 홍원은 어이가 없다는 얼굴로 백린을 내려다보았다.

"나 참… 환골탈태라니… 이놈의 똥개가 사람도 힘든 기연을 만났구나."

너무나 어처구니가 없어 똥개라는 말이 튀어 나왔다.

백린이 아주 어릴 때, 백린을 놀린다고 몇 번 불렀던 적은 있으나 백린이 이렇게 성장한 후는 처음이었다.

홍원의 말을 알아들었음인가. 백린이 엎드린 상태로 고개를 획 돌려서 홍원을 외면했다. 그 모습에 홍원은 그저 피식 웃을 뿐이다.

"그나저나, 어떻게 한다. 이렇게 변해 버렸으니……"

주변 사람들에게 무어라 설명할지 난감했다.

덩치라도 그대로였으면 털갈이라고 우겨나 볼텐데.

물론 그것도 말이 안 된다는 것은 잘 알았다.

"에휴. 모르겠다, 어떻게든 되겠지."

홍원은 포기했다는 듯, 고개를 젓고는 우물가로 향했다.

시간이 흐르고 가족들이 백린을 보고 깜짝 놀랐다.

백린의 모습이 어떤지는 홍해에게는 아무런 문제가 아니었다.

"백린아. 더 멋있어진 거 같아!"

그저 엎드려 있는 백린의 머리를 연신 쓰다듬을 뿐이다.

홍산만은 뭔가 이상하다는 듯 계속 고개를 갸웃거리며 홍원을 바라보았다.

홍원은 그 모습에 자신도 아무것도 모르겠다는 듯 짐짓 시치미를 떼었다.

"형님. 사람들이 백린이를 보고 뭐라고 할까요?"

홍산은 걱정 가득한 얼굴로 물었다.

"글쎄다……."

홍원은 말끝을 흐렸다. 자신도 그게 걱정이었다.

"마물이라고 하지는 않을까요?"

이미 북면에 마물이 산다는 소문은 은연중에 퍼져 있다. 그래서 사람들이 북면에 들어가지 않는 것이고.

홍산의 말에 홍원은 뻔뻔해지기로 했다.

사람들이 마물을 믿는다면, 영물이라 우기기로 한 것이다.

마물이 있으면, 영물도 있는 법.

일단 동생들부터다.

"나도 몰랐는데… 백린이가 영물인가 보다."

"네?"

홍산의 표정이 이상하게 일그러졌다. 자신의 형이 한 말이 맞는지 확인하는 얼굴로 홍원을 쳐다보았다.

"나도 보통 개인 줄 알았는데, 하룻밤 만에 저리 변한 것을 보니… 영물인가 보다."

읍성에 영물 개가 있다는 소문이 퍼진다면, 상당히 피곤해 질 것이다.

그래도 마물이라고 소문이 나는 것보다는 낫지 않을까 그렇게 생각했다.

"차라리 백린의 새끼라고 하는 게 어떨까요?"

홍산의 물음에 홍원은 곰곰이 생각했다. 하룻밤 사이에 새끼를 물어다 놓고 사라졌다고. 그것도 저렇게 큰 녀석을.

말도 안 되는 소리다. 억지도 그런 억지가 없다.

그래도 영물이라고 소문나는 거보다는 낫지 않을까.

열 살짜리 동생도 납득시키지 못한 영물 이야기보다는 차라리 그게 나을 것도 같았다.

"그냥 백린이 동생이라 하자."

홍원은 홍산의 제안을 좀 더 그럴 듯하게 고쳤다.

"이름도 바꾸는 게 좋겠지요?"

순간 백린의 고개가 획 돌아갔다. 홍산의 말을 알아들은 듯 했다.

십 년이 넘는 세월 동안 백린이 자신의 이름이었다. 그런데 하룻밤 사이에 바꾸겠다니.

"그게 좋겠구나."

홍원이 고개를 끄덕였다.

"왜 그래요? 왜 백린의 이름을 바꾸려는 거예요?"

홍해가 묻는다.

홍해도 학관에 다닌 다음부터는 마냥 아이 같지는 않았다. 홍원은 솔직하게 지금 백린의 모습 때문에 생길지도 모를 일을 설명했다.

백린에게 생길 안 좋은 일들을 찬찬히 예를 들어가면서 홍해를 설득했다. 백린에게 안 좋은 일들이 생긴다 하니, 홍해는 쉬이 납득했다.

"그럼 이름은 제가 지을게요."

홍해가 그것은 양보할 수 없다는 듯 단호한 얼굴로 말했다.

"알았다. 종현이 오기 전에는 이름을 지어놔야 한다."

"네."

곧 밥 먹으라는 어머니의 부름에 세 사람은 집 안으로 들어갔다. 밥을 먹는 내내 홍해의 얼굴은 심각했다.

갑자기 백린의 모습이 변한 기이한 현상에 궁금할 것이 많을 법도 했건만, 어머니는 그저 아들을 믿는다는 듯 담담한 얼굴이셨다.

홍원은 새삼 그런 어머니가 참 크고 대단한 분이시구나 하고 생각했다.

밥을 입으로 먹는지 코로 먹는지 모를 정도로 다른 생각에 집중하던 홍해는 밥그릇의 밥이 모두 없어질 때쯤 결정했다는 듯 고개를 끄덕였다.

"묵린(墨麟). 묵린으로 할게요."

"응? 털이 완전히 검은 건 아니잖아?"

홍산이 고개를 갸웃거리며 물었다.

"그래도 백린 동생이고, 검은 털도 있으니까 묵린."

홍해는 자신이 지은 이름이 마음에 든다는 듯 미소를 띤 채 고개를 끄덕이며 말했다.

"알았다."

홍원의 허락이 떨어지자 홍해는 바로 백린을 향해 쪼르르 뛰어갔다.

"백린아. 이제부터 네 이름은 묵린이야. 묵린."

백린은 이름이 바뀌는 것이 마음에 안 든다는 기색이었으나, 힘없이 고개를 끄덕였다.

"그래, 그래. 묵린아. 우리 묵린이는 엄청 똑똑한 거 같아. 천자문도 가르치면 관오령보다도 빨리 배울 거 같아."

홍해는 묵린의 등을 토닥이며 흡족하다는 듯 말했다.

'저 녀석, 환골탈태 후에 더 똑똑해진 것 같은데……'

전에도 사람의 말을 잘 알아듣는 영악한 녀석이었지만, 지금은 흡사 사람의 말을 아는 것 같은 느낌이 들었다.

정령수를 만나기 전이라면 이런 생각을 하지 못했을 것이나, 인간의 말을 하는 정령수를 만났기에 불현듯 그런 생각이 들었다.

그때쯤 종현이 홍원의 집에 도착했다.

그는 이미 성현으로 갈 준비를 모두 마친 채였다.

홍산과 홍해가 뛰어가 종현을 맞았다. 이제 곧 성현으로 간다는 생각에 두 아이는 잔뜩 들떠 있었다.

그 들뜸 가득한 목소리로 두 아이는 종현에게 조잘조잘 잘도 이야기했다. 늘 의젓하던 홍산마저도 지금은 홍해와 별로 다를 게 없었다.

두 아이의 이야기를 종현은 웃으며 들었지만 입꼬리 한쪽이 실룩이는 것이, 썩 기분이 좋아 보이지는 않았다.

홍원은 그런 종현의 반응에 고개를 갸웃거렸다. 친구의 저런 반응을 이해할 수 없었던 것이다.

아이들을 진정 시킨 후 종현은 홍원을 한쪽으로 불렀다. 그러고는 곧장 집을 벗어났다.

"무슨 일이야?"

집에서 충분히 거리가 떨어졌을 때 홍원이 물었다.

"너, 이게 무슨 일이야? 어제 나한테 이런 이야기는 없었잖아."

아이들과 귀가하던 중 즉흥적으로 떠오른 생각이었기에 미처 종현에게 알리지 못했다. 학관에만 알렸을 뿐이다.

영문을 모르겠다는 홍원의 얼굴에 종현은 한숨을 깊게 쉬었다.

"후우. 홍원아. 넌 성현이 대체 어디라고 생각하는 거야?"

"응?"

"어른들 걸음으로 칠 일은 가야 당도하는 성이다. 그것도 상행을 나선 이들의 빠른 걸음으로 갔을 때 이야기야. 읍성에서 가장 가까운 큰 성이지만, 절대 가까운 거리가 아니야. 성현까지 가는 길 중간에는 마을도 제대로 없어."

"그랬던가?"

홍원이 성현성에 마지막으로 들렀던 때는 사부님을 따라 읍성을 떠날 때였다.

그러니까 십오 년 전이다.

"가는 동안 객잔은 딱 두 번 나온다. 닷새는 노숙을 해야해. 그것도 빨리 걸었을 때. 그런 길을 아이들을 데리고 가겠다고? 아무 준비도 없이?"

다그치는 종현의 말에 그제야 홍원은 자신이 무슨 잘못을 했는지 깨달았다.

너무 자신의 기준으로만 생각했다. 미처 아이들이 그 여행을 견딜 수 있을지 생각지 못했다.

너무 초보적인 실수다.

동생들을 향한 측은함이 너무 커서 생각 한쪽을 마비시킨 것만 같았다.

"그럼 어쩌지?"

아이들의 기대 가득한 얼굴을 보고 난 후다. 차마, 가는 길이 너무 힘들어서 같이 못 가게 되었다고 말할 자신이 없었다.

"후우. 준비를 해야지."

종현이 다시 한번 깊은 한숨을 쉬면서 말했다.

그도 조금 전 두 아이의 모습을 보았기에 차마 두고 가자는 말은 하지 못했다.

"준비라……."

홍원이 낮게 중얼거렸다.

"됐다. 네가 무얼 알겠냐. 내가 알아서 준비할게. 대신 출발은 내일로 늦춰야겠네. 아이들한테 설명은 네가 해라. 난 준비하러 간다."

종현은 손을 흔들고는 빠른 걸음으로 사라졌다. 두 아이를 데리고 가는 길이면 준비할 것이 많았다. 그만큼 마음이 급했다.

집으로 돌아온 홍원의 말에 두 아이의 어깨가 축 쳐졌다. 그래도 하루만 늦어진 것뿐이라고 홍원이 달래는 말에 겨우 기운을 차린 홍산과 홍해는 학관으로 향했다.

전날 학관에 며칠간 못 갈 것이라 이야기해 두고 다음 날 가는 것이 머쓱하기는 했지만, 일정이 늦춰졌으니 해야 할 일은 해야 했다.

그렇게 하루가 다시 지났다.

종현은 이른 아침 홍원의 집으로 왔다. 홍원을 데리고는 자신의 집으로 가서는 짐을 잔뜩 꺼냈다.

지고 가야 할 등짐이 무척 컸다.

아이들을 데리고 가는 것이 보통 일이 아니라는 것을 홍원은 그 짐을 보고야 깨달았다.

"역시 애 아빠는 다르구나."

홍원의 말에 종현은 피식 웃으며 짐을 짊어졌다. 큰 짐은 홍원의 몫이었다.

종현의 체력도 보통은 넘었다. 사부가 가르쳐준 무공을 열심히 수련한 덕이다.

그렇게 네 사람과 한 마리의 개가 성현을 향해 출발했다.

홍해와 홍산은 묵린의 등에 올라탔다.

덩치가 작아졌으나, 열 살 아이 둘을 태울 정도의 덩치는 유지하고 있었다.

"그런데 그 하얀 똥개는 어디가고 이 녀석이냐?"

"몰라. 또 어디 떠도나 보지. 불현듯 찾아왔다가 불현듯 떠나네."

종현의 물음에 홍원이 답했다.

"이 녀석도 네가 어르신이랑 같이 키우던 녀석이야?"

"그래. 묵린이다."

"역시 어르신은 보통 분이 아니시구나. 백린이 그 녀석도 그렇고, 묵린이라는 이 녀석도 그렇고 보통 영리한 게 아니네. 이건 개가 아니라, 영물이라고 해야 할 정도야."

종현의 말에 홍산과 홍원의 어깨가 살짝 움찔했다. 종현은 그런 기색을 느끼지 못하고 부지런히 걸음을 옮겼다.

성현을 향한 여정은 순조로웠다.

특별히 힘든 일도 없었고, 예상치 못한 일이 생기지도 않았다. 추운 날씨에 노숙을 하는 것이 아이들에게 힘들지도 몰랐으나, 종현의 철저한 준비 덕에 별다른 일은 생기지 않았다.

틈틈이 홍원이 동생들에게 자신의 기운을 불어넣어준 덕도 컸다. 두 아이가 자는 동안 알아차리지 못하게 조금씩 천천히 불어넣어 주었다.

그렇게 사인일수(四人一獸)는 성현성의 서문(西門)을 마주했다.

서문은 읍성 쪽에서 오는 길이 유일했기에 한산했다. 홍원 일행 말고도 읍성을 오가는 상인들이 몇 보였다. 수문병들의 검문도 복잡하지 않았다. 늘 오가는 사람들만 다닌 곳인 덕이다.

종현도 수문병들과 안면이 있었다.

인사를 건네는 종현을 바라보는 그들의 얼굴에 동정의 빛이 살짝 어렸다. 이미 종현의 소문이 성현에도 번진 것이다.

'정말로 빠르구나.'

홍원은 그 모습에 세상에서 가장 빠른 것이 사람의 입이라는 것을 새삼스레 다시 한번 느꼈다.

그 모습을 보며 주변을 둘러보던 홍원의 눈에 낯익은 얼굴이 눈에 띄었다.

정확히는 초상화였다.

'저들의 얼굴은 어떻게 그려낸 거지?'

절대 알려졌을 리 없는 얼굴이 그곳에 붙어 있었다.

수문병과 인사를 마친 종현의 시선이 홍원의 시선을 따라 움직였다.

그리고 순간적으로 몸이 뻣뻣하게 굳었다가 풀렸다.

다시 만나고 싶지 않은 얼굴들이 붙어 있었다.

홍원이 천천히 종현의 손을 잡아끌었다. 그렇게 네 사람은 성문을 통과했다. 묵린이 문제가 될 뻔 했으나, 아이들이 아무렇지도 않게 올라타고 있는 모습에 통과가 되었다.

"그래도 목줄 정도는 해야 합니다. 복잡한 성내에서 저 개가 말썽을 일으키면 경을 칠 수도 있어요."

수문병의 주의에 종현은 알겠다며 적당한 동전을 쥐어주었다. 성내에 들어가는 대로 목줄을 구해야 할 것 같았다.

"이제 어디로 가나요?"

생전 처음 보는 큰 성인지라 연신 주변을 두리번거리며 홍산이 물었다.

"일단 숙소부터 잡아야지."

"아는 객잔 있지?"

종현의 말에 홍원이 물었다. 상행으로 수없이 왔을 성현이니 당연히 있을 것이다.

"있지. 너도 아는 곳이야."

"응?"

종현의 대답에 홍원이 고개를 갸웃거리다가 설마하는 얼굴로 말을 이었다.

"설마, 비영이 녀석 일하는 곳이냐?"

종현은 웃으며 고개를 끄덕였다.

"그리 큰 곳은 아니다만, 깔끔하고 괜찮은 곳이야. 그리로 가자."

종현이 일행을 이끌었다.

비영이 일하는 객잔은 서문에서 그리 멀지 않았다.

세연객잔.

그간의 여정 끝에 홍원 일행이 도착한 곳이다. 며칠간 그들이 성현에서 묵을 곳이기도 하면서, 그들의 친구가 일하는 곳이다.

종현이 앞장서 객잔으로 들어섰다.

객잔의 계산대를 지키던 노인이 대번에 종현을 알아보았다.

"응? 박 단주 아닌가!"

그의 얼굴에는 놀람과 반가움, 그리고 안쓰러움이 모두 들어 있었다. 종현은 웃으며 그와 인사를 나누었다.

"객잔주 어른. 오랜만에 뵙습니다."

그리 오랜만은 아니다. 불과 한 달 전에도 다녀갔으니까. 그러나 종현은 남면을 다녀온 후 찾은 이곳이 무척 오랜만에 온 듯했다.

"소식은 들었네만… 그래도 다행이구만. 얼굴이 괜찮아 보여서."

객잔주는 종현의 손을 잡으며 진심 어린 말을 건넸다.

"아, 이쪽은 제 친구인 장홍원이라 합니다. 이번에 저와 함께 상행을 준비하고 있습니다. 홍원아, 이 어른은 이 객잔의 주인이신 우문제 어른이시다."

홍원은 종현의 소개에 포권을 하며 고개를 숙였다.

"반갑습니다. 장홍원이라 합니다."

"반갑네. 우문제라 하네. 우리 객잔에서 편히 쉬게나."

우문제는 반가이 인사를 건넸다.

"그런데 박 단주 친구라 하니, 자네도 우리 묵 숙수 친구이 겠구만."

홍원은 묵 숙수가 자신의 친구인 비영을 지칭함을 금방 알아차리고는 고개를 끄덕였다.

"그렇습니다."

"어허, 그러면 친구 얼굴부터 봐야지. 왕칠아. 묵 숙수 좀 불러 오너라."

점심 시간을 제법 넘긴 미시 말엽이었기에 객잔은 조용했다. 우문제는 한쪽 구석에서 편히 쉬고 있던 점소이에게 크게 소리쳤다.

"네."

객잔주의 심부름에 왕칠이라는 아이는 잽싸게 대답하고 몸을 움직였다.

＊　　　　＊　　　　＊

점소이가 사리지고 얼마 되지 않아 홍원의 귀에 거친 뜀박질 소리가 들렸다.

"네 녀석들!"

반가움이 가득한 외침이다. 헐레벌떡 나타난 비영의 시선은 홍원을 향해 있었다. 눈가가 살짝 붉어진 모습이 그의 감정을 그대로 보여주었다.

"오랜만이다."

홍원은 담담히 말했다. 그의 입가에는 작은 미소가 걸려 있었다.

"이 무정한 놈아!"

비영은 홍원을 와락 껴안았다.

"이런, 묵 숙수가 늘 말하던 친구가 자네였구만."

객잔주는 수염을 쓰다듬으며 두 사람을 따뜻하게 바라보았다. 그 모습은 일반적인 객잔주가 숙수를 바라보는 그런 흔한 눈빛은 아니었다.

"비영 형님. 오랜만에 뵙습니다."

홍산이 꾸벅 허리를 숙이며 인사를 했다.

"오랜만에 뵈어요."

옆에서 홍해도 인사를 건넨다.

비영의 얼굴에 웃음이 가득했다.

"그래. 너희도 오랜만이구나. 이 년만이던가? 많이 컸구나."

성현에 자리를 잡은 비영은 읍성에 그렇게 자주 들리지는 못했다. 일이 년에 한 번 들릴까 했는데, 마지막 방문이 이 년 전이었다. 그때 홍원의 집에 들러 두 아이를 봤었다.

종현은 그런 모습을 흐뭇하게 바라보았다.

비영의 시선이 종현을 향했다.

"소식은 들었다. 도 영감이 온 성현에 소문을 다 내서, 안 그래도 걱정이 많았어. 어떻게 괜찮은 거냐?"

반가움을 몰아내고 걱정이 자리한 얼굴이다.

"이렇게 든든한 친구들이 있는데 뭐가 걱정이냐."

종현은 여전히 웃음 띤 얼굴이다. 그 모습에 비영은 빙그레 웃었다.

"배고프다. 도착하고 바로 이리로 왔어. 밥이나 줘."

종현은 한쪽 식탁에 앉으며 말했다.

"아, 그렇겠구나."

읍성에서 성현으로 오는 여정을 생각하면, 이 시간에 도착했다면 당연히 점심을 걸렀을 게다. 거기에 생각이 미친 비영은 다시 바빠졌다.

"너희도 어린 나이에 예까지 오느라 고생 많았다. 어서 앉아라. 내 금방 준비해 주마."

그 말을 마지막으로 비영은 후다닥 주방으로 뛰어갔다.

홍원은 가만히 그런 친구의 뒷모습을 바라보았다. 역시 친구란 좋다.

주방에서 시끄러운 소리가 들린다. 비영이 바삐 움직이며 음식 준비를 하는 것이다. 숙수라면 밑에 딸린 주방 식구들이 있을 텐데도 혼자 바삐 움직인다.

홍원은 예민한 청력으로 그 사실을 알 수 있었다.

아마도 쉬는 시간이었기에, 홀로 준비를 하는 것이리라.

저런 우직하면서도 책임감이 있는 모습은, 자신의 네 친구들 모두 같았다.

'아, 진구 놈은 좀 애매한가?'

진구에게까지 생각이 미친 홍원은 피식 웃었다.

그래도 읍성 서쪽의 악동 오인방으로 소문났던 자신과 그 친구들이, 이제는 이렇게 제 몫을 제대로 하는 사람이 되었다는 사실에 가슴 한쪽이 뿌듯해졌다.

음식은 금방 나왔다. 비영이 제 솜씨를 한껏 발휘해 만든 것들이다. 비영이 직접 접시를 들고 나왔다. 점소이들이 거들려 했지만, 마저 쉬라며 비영이 직접 날랐다.

그 사이로 곧고 예쁘게 뻗은 손이 음식이 담긴 접시를 식탁 위에 올려놓았다. 다른 이들은 모두 쉬고 있는데, 단아하게 생긴 여인이 비영을 돕고 있었다.

비영도 굳이 그녀의 도움을 거절하지 않았다.

"우문 소저. 오랜만에 뵙는군요."

종현의 인사에, 그녀는 미소 띤 얼굴로 고개를 숙였다.

"박 단주님. 오랜만이에요. 소문에 걱정이 많았답니다."

종현의 소개에 홍원과 동생들도 그녀와 인사를 나누었다. 객잔주의 딸인 우문세연이라 했다. 이렇게 아버지를 도와 객잔의 접객을 담당하고 있다고 했다.

여느 객잔에서는 볼 수 없는 기품 있는 모습이었다.

홍원의 미소가 진해졌다.

비영과 우문세연 사이에 흐르는 묘한 기류를 보았기 때문이다.

그러고 보니 줄곧 한 객잔에서만 일했다고 했다. 그런 이유가 아마 이것이었으리라.

성현에서의 일은 순조로웠다.

오랜만에 친구와 회포도 풀었고, 아이들에게 큰 도시의 저잣거리도 구경시켜 주었다.

종현은 선지초의 거래를 위해 성현의 약초 시장을 바쁘게 드나들었다.

묵린은 객잔 밖 벽 옆에 엎드려 그저 하품을 하며 시간을 보냈다. 그런 묵린의 목에는 줄이 매여 기둥에 묶여 있었다. 수문병의 조언이 있었기에 어쩔 수 없이 취한 조치다.

홍해는 그런 묵린이 안타까운지 틈이 날 때면 묵린의 곁을 지켰다.

홍원은 이런 평화로움이 무척 마음에 들었다.

한 가지 마음에 걸리는 일이 그런 평화에 한 점 티를 만든다.

'숭무련이 이곳까지 수배령을 내릴 줄이야.'

서문을 통해 들어오면서 보았던 것.

그것은 숭무련에서 붙인 수배령이었다.

림주와 송림, 그리고 죽림의 수배령.

자신의 얼굴은 알려지지 않았기에 그저 복면을 한 모습이 그려져 있어 수배령이라 할 수도 없었다.

하지만 림주와 송림의 얼굴은 비교적 자세히 그려져 있었다. 종현이 수배령을 보고 반응을 한 것이 그 때문이다.

림주와 송림 역시 은살림의 대표 살수다. 그들의 얼굴도 알려지지 않았었다.

그것을 숭무련이 알아내서 저렇고 곳곳에 수배령을 붙이고 있는 것이다.

'천화국으로 넘어가려는 이유가 있었어.'

숭무련의 집요함과 그 능력에 홍원은 놀랐다. 마지막 청부 이후 곧바로 몸을 숨긴 것은 옳은 결정이었다.

성현은 큰 성이나, 시대세력 어디의 세력권에도 속하지 않았다. 중원의 변방인 데다, 향산이라는 천연의 장벽 때문이었다.

그랬기에 숭무련에서 이곳에 수배령을 붙인 것이다. 사혈궁의 세력권이었다면, 그들의 협조가 있어야 했기에 이렇게 곳곳에 붙이지는 못했을 것이다.

서문 입구뿐 아니라, 저잣거리나 사람이 많은 곳에는 어김없이 수배령이 붙어 있다.

성현에 들어온 지 사흘 째 되는 날.

종현과 홍원은 함께 약초 시장으로 가고 있었다. 그간 종현이 바쁘게 뛰어다니며, 거래처를 알아본 결과 오늘 최종 거래를 하기로 했다.

아이들은 우문세연과 함께 있었다. 짧은 시간이었지만, 금세 친해져서는 한가한 시간에 우문세연이 아이들을 돌봐주었다.

'떠나기 전에 감사의 선물이라고 해야 할 텐데……'

점점 그림자가 길어지는 것이, 곧 저녁 시간이 다가온다. 객잔이 바빠지기 전에 어서 거래를 마치고 와야 했다.

두 사람은 약초 시장의 한 상회로 들어섰다.

"박 단주님, 어서 오십시오."

허리를 꾸벅 숙이는 이는 오늘 거래하기로 한 상회의 행수였다.

성현약방.

종현의 상단 기반을 아주 헐값에 사들인 성현상단에서 운영하는 곳이다. 그런 곳에 오늘 선지초를 팔러 왔으니, 사람 일이란 모르는 것이다.

어찌 이곳에서 선지초의 값을 가장 높게 쳐준 것인지 알 수 없는 일이다. 최대한 이문을 남기고 팔아야 했기에, 썩 기억이 좋은 곳은 아니지만, 이곳과 거래를 하기로 했다.

거래를 담당한 행수의 인상이 과히 좋은 것은 아니지만, 그런 것은 상관없다는 생각으로 거래를 진행했다.

좋은 값을 받고 팔았고, 거래 대금은 그 자리에서 금괴로 받았다. 이미 종현이 사전에 조율을 한 덕이다.

두 사람은 만족한 얼굴로 상회를 나섰다.

그 찰나. 홍원은 고개를 갸웃거렸다.

"종현아."

"응?"

"너 먼저 가라. 이제 곧 저녁 시간인데, 애들 때문에 우문 소저를 붙잡고 있을 순 없지."

"넌?"

"뭣 좀 살펴봐야겠다. 내일이면 떠나야 할 텐데."

그 속내를 짐작했다는 듯 종현은 홍원의 어깨를 툭 치고는 홀로 걸음을 옮겼다.

"아, 품 안에 있는 거 간수 잘해라."

금괴는 홍원의 품에 있었기에 남긴 말이다.

종현의 뒷모습이 제법 작아졌을 때, 홍원의 두 눈이 날카롭게 빛났다.

약방의 문을 닫고 나선 순간, 홍원이 느낀 것은 분명 살기였다.

아주 미약하게 흘러나온 것이지만, 그것을 놓칠 홍원이 아니다.

그때부터 모든 것이 수상했다.

종현의 기반을 최대한 후려쳐 헐값에 사들인 곳에서 선지초에 가장 좋은 값을 쳐준 것도 수상했고, 행수의 그 인상도 수상했다.

거래 과정이 너무 순조로웠던 것 마저 수상했다.

자신이 값어치가 작은 약초를 팔 때도 흥정은 있었다. 아무리 미리 흥정을 하고 거래를 하러 온 것이지만, 실물을 보며 하는 거래에서 아무런 흥정도 없었다.

그저 이쪽이 원하는 대로 다 해주었다.

장사꾼이라면 그러면 안 된다.

'그러는 경우는 그 돈이 다시 돌아온다는 것을 아는 경우이겠지.'

홍원은 저잣거리로 천천히 움직였다. 그 기감은 성현약방의 건물 내부로 집중한 채다.

저자로 나온 홍원은 작은 노리개 세 개를 샀다. 어머니와 홍해의 것, 그리고 우문세연에게 선물로 줄 것이다.

자신은 이런 것을 고를 안목이 없었기에, 점원의 도움을 받왔다.

작은 볼일을 해결한 홍원은 으슥한 골목으로 들어섰고, 주변에 아무도 없는 것을 확인한 순간, 사라졌다.

다시 모습을 드러낸 홍원은 검은 야행복에 복면을 하고 있었다.

'이 모습을 다시 할 줄이야……'

해가 서쪽으로 한껏 내려와 붉은 노을이 하늘을 뒤덮고 있었다. 하지만 아직 날은 밝았기에, 홍원의 모습은 눈에 너무나 잘 띄었다.

그러나 홍원은 아무 상관없다는 듯 움직였고, 그 누구도 그런 홍원을 발견하지 못했다.

성현약방의 문은 굳게 닫혀 있었다. 오늘 영업을 마친 것이다. 주변의 다른 약방들은 거래가 한창인 것을 보면 이상한 일이다.

홍원은 순식간에 성현약방으로 스며들었다. 마침 때가 딱 들어맞았다. 홍원이 느꼈던 살기의 주인과 행수가 작당을 하고 있었다.

"단주님의 말씀이 맞았어. 그 녀석이 어찌 이리 귀한 영초를 손에 넣었는지는 몰라도, 상단 재건에 정신이 팔려서 예전처럼 치밀하지를 못해."

"그게 무슨 말이야?"

미약한 살기를 내뿜었던 거한이 행수를 보고 물었다.

"몇 번이나 거래를 했지만, 이렇게 허술하게 넘어간 게 처음이라서 말이야."

행수는 수염을 배배 꼬며 피식 웃었다. 그 모습이 그렇게 교활해 보일 수가 없었다.

"자, 이젠 네 차례야. 애들 끌고 가서 잘 회수해 와라."

행수의 말에 거한은 피식 웃었다.

"그래야지. 조금 있다가 애들 끌고 먼저 성 밖으로 나갈 생각이다. 내일쯤은 읍성으로 돌아갈 테니."

"그게 이상하단 말이야. 오늘 적지 않은 돈을 벌었는데, 다른 상품을 사거나, 거래를 하려는 기색이 없어. 그냥 그 돈을 가지고 돌아가려 하다니."

행수는 고개를 갸웃거렸다.

이미 상단의 심부름꾼들을 이용해 두 사람의 행적을 파악한 뒤였기에 가질 수 있는 의문이었다.

저잣거리에서 노리개를 사는 인물이나, 객잔으로 돌아가 짐을 꾸리는 인물이나.

상행을 하는 이들이라 볼 수 없었다.

"애들 둘 데리고 온 놈들이 무슨 상행을 할까. 아마 그걸로 읍성에서 다시 기반을 다진 후 시작하겠지."

"그래도 이상해. 그러면 단주님이 인수하신 건물을 다시 매입하겠다거나, 그런 이야기라도 나와야 하는데……."

여전히 행수는 고개를 갸웃거렸다.

홍원은 그 모든 것을 지켜보고 있었다.

'역시.'

뒤에서 이런 수작을 부리고 있으니 그리 허술한 거래를 했던 것이다.

홍원의 고민이 시작됐다.

이곳에 모습을 드러내서 저것들을 제대로 벌할 것인가. 아니면 그냥 조용히 해결할 것인가.

'드러내서 좋을 것은 없다.'

괜히 시끄럽게 만들 필요는 없었다.

마음 같아서는 자근자근 밟아주고 싶었다.

생각이 거기까지 미치자 불현듯 깨닫게 되는 것이 있었다.

자근자근 밟아도 문제없는 일이다.

'조용히, 자근자근 밟아주고 떠난다.'

저들은 홍원이 누구인지 알아낼 방도가 없었다. 현재 자신이 이곳에 있는지도 모르는 이들이다.

죽이고 가도 모를 것이다. 하지만 이번 일로 손에 피를 묻히고 싶지는 않았다. 그냥 적당히 벌을 줘야지.

이곳이 시끄러워지더라도, 그 혐의가 읍성의 망한 상단에서 온 일행에까지 미칠 리는 없다.

손가락을 가볍게 튕기자, 부드럽게 날아간 지풍이 두 사람의 혼혈을 정확히 때렸다. 동시에 둘은 풀썩 그 자리에 쓰러졌다.

그제야 모습을 드러낸 홍원은 그들을 아주 잘근잘근 밟았다. 최소한 두 달은 꼼짝 못할 정도로 구석구석 꼼꼼히 밟아주었다.

그러고는 연기처럼 그곳에서 사라졌다.

도둑이라도 든 것처럼 흩어놓을까 했으나, 그러지는 않았다. 굳이 그렇게까지 하지 않아도 절대 자신을 알아낼 수는 없으니까.

홍원이 객잔에 돌아왔을 때는 이미 저녁식사 시간이 좀 지난 뒤였다.

그래도 늦은 식사를 하는 이들로 객잔 일 층은 복잡했다. 비영의 요리 솜씨 덕이다.

식탁에서 홀로 앉아 식후 다향을 즐기던 종현이 홍원을 반겼다.

"일은 잘 봤어?"

홍원은 맞은편에 앉았다.

"바쁜 시간에 이렇게 자리 차지하고 있으면 어쩌냐?"

핀잔어린 그 말에 종현은 주변을 둘러보며 말했다.

"빈자리가 좀 있어. 빈자리도 없을 정도로 바쁜 시간에 이렇게 앉아 있을 염치는 없다."

종현의 말대로 드문드문 빈자리가 몇 있었다. 점소이들과 주방은 바빴으나, 이 자리만은 평화로웠다.

"이렇게 바빠서야 저녁 장사 끝난 다음에 전해줘야겠군."

홍원은 품에서 예쁜 종이에 잘 싸인 노리개를 꺼내놓았다.

"곧 떠나야 해. 적당히 봐서 전해 드려."

종현의 말에 홍원은 깜짝 놀란 얼굴을 했다.

"뭐 그렇게 놀래? 성현약방에서 수작질 하려는 거 처리하고 온 거 아냐?"

종현이 빙긋 웃으며 낮게 속삭였다. 홍원의 얼굴에 어린 놀란 기색은 더욱 진해졌다.

"그런 어이없는 거래라면… 분명 뒤에서 다른 꿍꿍이가 있는 거지. 그 녀석들이 하는 짓거리야 뻔하지. 그리고 넌 그걸 해결할 능력을 가지고 있고."

식사하는 사람들의 시끄러운 소음 속에 아주 작은 소리로 속삭였지만, 홍원의 귀에는 천둥소리보다 크게 울렸다.

자신을 향해 한쪽 눈을 찡긋거리며 웃는 친구의 얼굴을 보자 절로 웃음이 나왔다.

"넌. 나를 너무 크게 본다."

담담한 목소리다.

그 시각.

두 사람은 몸을 꿈틀거리고 있었다. 홍원이 자리를 떠나며 이 시간쯤 깨어나도록 혈을 짚었다.

"으으으……."

"아악……."

신음과 비명이 어두운 약방 안에서 울린다.

"뭐, 뭐가 어찌 된……."

거한은 두 눈은 혼란이 가득했다. 하지만 그가 할 수 있는 것은 아무것도 없었다. 사지에 힘이 하나도 들어가지 않았다. 극심한 고통만이 온몸을 지배했다.

"아악. 아아아악. 나 죽어! 나 죽는다고!!!"

행수의 입에서는 신음과 비명이 연이어 나왔다. 그 역시 꿈

짝도 못 하고 있었다.

거한이 해줄 수 있는 것은 아무것도 없었다. 그저 이 지독한 고통이 어서 사라지기를 바랄 뿐.

"이게 어떻게 된 거야!! 아악! 아파!"

행수의 악다구니가 약방에 울렸지만, 굳게 닫아놓은 문이 그 소리를 막고 있었다.

그 둘은, 거한의 부하들이 약방에 올 때까지 계속해서 고통에 떨었다.

깜짝 놀란 부하들이 의원으로 그들을 옮겼지만, 온몸 깊숙이 박힌 폭력의 고통은 쉬이 사라지지 않았다.

둘은 고통스러워하면서도 아무것도 알 수 없었다.

갑자기 정신을 잃었고, 정신을 차린 후부터는 이 모양이다.

기감을 넓게 퍼뜨린 홍원은 그런 그 둘의 상황을 모두 느낄 수 있었다. 입가로 진한 미소가 그려졌다.

"뭐냐? 그 웃음은? 실없이."

혼자서 갑자기 웃는 친구의 모습에 종현이 묻는다. 그러거나 말거나 홍원의 웃음은 더욱 진해졌다.

"너도 준비해라. 아이들은 내가 준비시켰다. 밤길이라 좀 힘들긴 하겠지만, 여기 오는 동안도 잘 왔으니까."

종현은 홍원이 무언가를 하고 온 덕에 성현상회의 수작질이 잠시 멈출 것을 예상했다. 그사이에 빨리 떠나야 했다. 일단 저들이 따라 잡지 못할 정도로 거리를 벌려, 읍성으로 들어간다면 아무 문제도 없을 것이다.

그렇게 홍원 일행은 성현성의 서문이 닫히기 직전 서둘러 길을 나섰다.

홍원의 선물을 받은 우문세연은 무척이나 고마워하면서도 섭섭해했다.

비영의 섭섭함은 말할 필요도 없었다.

第三章
다시 남면

거대한 태사의가 아래를 굽어 살피는 넓은 대전.

태사의의 위용이 주변을 압도하고 있었다. 그곳에 그 위용마저 짓누르는 위엄을 가진 이가 앉아 있었다.

부리부리한 봉목과 시원한 인상을 가진, 천선문주 북궁휘용이었다.

강렬하게 뿜어져 나오는 위엄을 부드러움으로 갈무리한 것이, 그 무공의 성취가 극에 달했음을 보여주고 있었다.

"대성(大成)을 경하 드립니다. 문주님."

우문기영이 그런 문주를 향해 허리를 숙이며 말했다.

"고맙습니다, 노야. 이번 폐관에서 다행히 소성(小成)을 이루었습니다."

북궁휘용의 얼굴은 담담했으나, 자신의 성취에 대한 만족감
이 가득했다.

대전에는 우문기영뿐 아니라 은월 호법도 자리하고 있었다.
문주가 폐관하는 동안 있었던 일을 보고 하기 위함이다.

"은월 호법. 그동안의 일을 알려주시오."

문주의 말에 은월이 허리를 숙인 후 입을 열었다.

"우선, 우문 노야께서 시키신 북해의 수색은 종료했습니다.
아무것도 찾을 수 없었습니다."

북궁휘용이 우문기영을 담담히 바라보았다.

"노야. 너무 걱정하지 마십시오. 은월 호법이 전력을 다했는
데도 아무것도 없었다면, 별일 아닐 것입니다."

우문기영은 아무런 대답도 하지 못했다.

"수색 중 대원 둘이 맹수에 물려 희생당했습니다만, 그 이외
에 특기할만한 일은 없었습니다."

한 명, 한 명이 천선문의 기둥이나 다름없는 대원들인데, 북
해의 차디찬 땅에서 유명을 달리 했다니 북궁휘용은 그 사실
이 너무나 안타까웠다.

"북해에 그런 맹수가 있었던가?"

"빙설열독사의 시체를 발견했습니다. 아마 영약을 두고 빙설
열독사와 다투던 영물이 아닌가 싶습니다. 영약은 완전히 여물
지를 않아 아직 몇 십 년은 더 기다려야 할 것 같습니다."

우문기영의 물음에 은월이 답했다.

"영약이요?"

북궁휘용이 관심을 보였다.

"네. 설삼이 있었습니다. 아직 천 년의 수령을 채우려면 오십 년 정도 모자랍니다만……."

"오. 정말 수고가 많았습니다. 은월 호법. 어쩌면 그것에 대한 계시였을지도 모르겠습니다. 노야."

설삼 주변에는 이미 천선문의 무인들이 배치되어 지키고 있었다. 오십 년 뒤에 천선문의 재산이 될 것이다.

"참, 숭무련은 어떻습니까?"

북궁휘용이 생각났다는 듯 물었다. 무려 련주가 죽은 일이다. 중원에서 가장 강하다는 다섯 중 하나가 너무나 허무하게 그 명을 다했다.

"여전히 혼란스럽습니다. 아직 차기 련주를 정하지 못한 모양입니다."

"우리로서는 다행스러운 일이군요."

혼란스러운 만큼 그 힘은 약해진다. 대륙사강의 한 세력이 약해진다면, 황제에게, 그리고 천선문에게 호재였다.

"죽림의 행적은 묘연합니다."

"참으로 놀라운 살수입니다."

북궁휘용은 순수하게 감탄했다.

"그래도 숭무련은 여전히 죽림의 뒤를 쫓고 있습니다. 다른 사대세력에 협조를 구해, 전 대륙에 수배령을 내렸습니다. 은살림은 완전히 와해가 된 채 은살림주와 송림만이 도주에 성공했습니다."

은월은 일정한 어조로 보고를 계속했고, 북궁휘용과 우문기영은 가만히 듣고 있었다.

"그리고 경천회에서 우리와의 협상을 멈췄습니다."

은월의 이어진 보고에 우문기영의 표정이 변했다. 경천회와 추진 중인 협상이 무엇인지 잘 알기 때문이다.

"경천회주의 막내딸의 상태가 호전이 되었다는 겁니까?"

북궁휘용도 놀랍다는 듯 되물었다.

경천회주의 딸, 모용혜가 앓고 있는 병에 대해서 천선문은 오래전부터 알고 있었다. 그리고 그 치료법에 대한 것으로 계속해서 협상을 해왔다.

정확히는 딸의 치료법을 빌미로, 천선문이 경천회에 목줄을 채우려 했다.

황제가 인정했다고 하지만, 무림의 세력이 너무 커지는 것은 황제의 권력에 위협이 되는 일.

황제의 힘인 천선문이 무림 세력을 제어하려는 것은 너무나 당연한 일이다.

"네. 세작의 보고로는 청수신의(淸手神醫)가 완치를 시켰다 합니다."

"어찌 그럴 수가. 삼신산불사약 중 하나를 얻지 않고서야……."

북궁휘용은 말을 채 잇지 못했다.

중원의 동쪽에 위치한 땅, 해동현국(海東賢國)에 있다는 세 개의 신령한 산. 그곳에서 나는 세 개의 신약(神藥)은 그 효능이 지극해 하늘에 닿았다고 알려졌다.

천선문에서 파악하기로는 모용혜는 그 정도의 영약이 있어야만 회복이 가능한 절맥을 앓고 있었다.

천선문에조차 없는 영약이다. 그러나, 그 증상을 호전시켜 병세의 악화를 막을 수 있는 단약이 천선문의 비전으로 있었기에 경천회에 목줄을 채울 생각을 했던 것이다.

한데 완치라니.

우문기영의 꽉 쥔 주먹이 잘게 떨렸다.

이럴 리가 없었다.

절대 이래서는 안 될 일이다.

'그녀의 치료법을 찾지 못한 경천회는 우리의 요구를 받아들였다. 청수신의조차도 약재를 구하지 못해 결국 치료하지 못했어.'

우문기영의 기억이 맞다면 분명 그래야 했다.

무언가 어긋났다.

이런 결과를 위해 역천의 술법을 펼친 것이 아니다.

'어디서 잘못됐지.'

기억을 잘게 조각내 하나하나 헤집었다.

역천의 술법을 펼치기 전의 기억조차도 헤집었다. 다시는 떠올리기 싫은 기억이었지만 어긋남의 원인을 알아내야만 했다.

거대한 도강이 하늘에서 떨어진다. 황제의 누각이 정확히 절반으로 쪼개지며 황제가 절명했다. 그리고 그 괴물은 곧장 천선문으로 달려왔다.

붉디 붉은 전마를 타고 달리는 그를 막아내는 이는 없었다.

하나하나 돌파당했다.

피눈물을 흘리며 북궁휘용이 전력을 다한 검강을 휘두르며 괴물에게 달려들었으나 일도에 목이 떨어졌다.

절망과 절망과 절망이 중첩되었다.

괴물은 피에 미친 혈귀였다.

우문기영은 도망쳤다. 이대로 모두가 파멸할 수는 없었다.

천선문의 후원으로 도망쳤다.

그곳에 펼쳐진 술법의 진을 가동하기 위해서.

만약을 대비해서 숨겨놓은 역천의 술법.

서역의 법술과 도교의 술법의 합쳐서 천 년 전에 만들어낸 술법이다. 만들어졌으나, 단 한 번도 펼쳐진 적이 없었다.

태상호법들에게만 대대로 전해진 진의 작동법.

우문기영은 그것을 떠올리며 전력을 다해 진이 설치된 곳으로 향했다.

다행이 혈귀는 우문기영에게 관심이 없었다.

파괴와 파괴와 파괴.

그저 모든 것을 절멸시키겠다는 의지를 보이며 모든 곳을 부수고 있었다.

우문기영은 전력으로 경공을 펼쳤다. 이윽고 진의 중심에 도착한 그는 지체 없이 기관 몇 곳을 작동시키고, 손가락을 잘라 자신의 피를 흩뿌렸다. 진이 자신의 피에 반응하기 시작하자, 술법의 법문을 읊조렸다.

진이 작동했다.

술법이 펼쳐지면서 모이는 기운이 괴물을 자극했다. 괴물의 섬뜩한 눈과 마주쳤다.

우문기영은 전력을 다해 법문을 외웠다. 손은 쉴 새 없이 수인을 맺고 있었다.

거대한 도강이 진의 한 축을 향해 날아왔다.

'제발……'

우문기영은 이를 악물었다.

그리고!

역천이 시작되었다.

우문기영의 눈에 온갖 풍경이 들어오면서 세상이 빠르게 지나갔다.

하늘과 땅이 뒤집힌다.

머리가 빙글빙글 돌고 눈앞이 깜깜해졌다.

무엇이 무엇인지 알 수 없는 세계로 빨려 들어가는 듯했다.

우문기영의 모든 기운이 빠졌을 때, 세상의 움직임은 멈췄으며, 사람들이 우문기영을 향해 달려왔다.

"태상호법! 순천의 술법은 어땠습니까?"

장로 한 명이 우문기영을 부축하면서 물었다.

'술법은… 성공했군.'

마지막으로 순천의 술법을 펼쳤었던 때.

그때로 돌아왔다.

안도의 미소를 지으며 정신을 잃었다.

우문기영의 회상이 끝났다. 아무리 다시 반추해도 문제는 없었다. 마지막에 축을 향해 날아온 도강이 신경이 쓰였으나 분명 자신의 기억으로는 그것이 진을 때리기 전에 술법은 시작됐다.

오직 자신만이 기억하는 세상과 혈겁. 그로부터 탈출한 자신.

우문기영이 아무리 되짚어도 문제는 없었다.

"향산의 북면에서 영약을 얻은 것 같습니다."

은월의 말소리가 우문기영의 정신을 일깨웠다.

"흐음. 제가 폐관에 들기 전 협상에서 경천회 쪽 사람들이 조금 더 시간을 달라했던 게, 향산으로 사람을 보내서였군요."

북궁휘용은 짚이는 것이 있었다.

"그런 것 같습니다."

"향산 북면은 우리조차 어쩌지 못하는 곳인데, 경천회에 그럴 능력이 있을까요?"

"모르겠습니다만… 결과는 나왔습니다."

은월이 송구스럽다는 듯 고개를 숙였다.

"허어. 그곳은 사람이 들어갈 수 없는 마경(魔境)입니다. 어찌 그곳에 영약을 얻어냈을까요?"

우문기영도 이해할 수 없었다.

"자홍선지초를 구한 것 같았습니다."

자홍선지초라면 신약이라 할 수는 없지만, 충분히 뛰어난 효능을 가진 영약이다. 게다가 모용혜의 절맥에 딱 맞아떨어지는 기운을 품은 영약이었다.

가히 해동현국 삼신산(三神山) 중 한나산(漢拏山)의 지초에 버금간다 할 수 있었다.

'설마 그가?'

향산 북면이라는 말에 우문기영의 머리에 떠오르는 인물이 있었다.

하지만 지금 살아 있을 리가 없었다.

'역천의 술법 때문에 그의 생명이 뒤틀린 것인가?'

불길한 느낌이 머리 한쪽을 계속 간질인다.

"후우. 그렇다면 어쩔 수 없지요. 아깝게 되었군요. 경천회를 제어할 수 있는 좋은 기회였는데요."

"그야말로 그들에게 천운이 닿은 듯 합니다."

은월의 대답에 북궁휘용은 아쉬운 얼굴로 고개를 끄덕일 뿐이다.

대전을 벗어나는 우문기영의 발걸음이 빨랐다.

아무래도 읍성에 사람을 보내봐야 할 것 같았다.

그가 살아 있더라도 북면에서 자홍선지초를 캔다는 것은 불가능한 일이다.

아니, 그가 살아 있고, 모용백이 직접 경천회의 십강(十强)에 드는 수하들을 이끌고 갔다면 가능한 일이다. 하지만 최근 그들 열한 명은 움직인 적이 없었다.

그들 중 한 명만 움직여도 중원이 놀란다. 늘 그들의 움직임을 주시하고 있었기에 그 사실에 대해서는 확신할 수 있었다.

혼란스러웠다.

빨리 움직여야 한다.

　　　　*　　　　　　*　　　　　　*

읍성으로 돌아오는 여정은 순조로웠다.

해질녘이 돼서야 읍성의 동문에 도착했다.

"어어~! 고생들 했어!"

마침 동문에서 근무를 하고 있던 진구가 손을 흔들며 일행을 반겼다.

홍원과 종현의 얼굴에 웃음이 어렸다. 아이들을 데리고 먼 길을 다녀오느라 둘의 어깨 위에는 온갖 짐이 한 가득이었지만 피곤한 줄을 몰랐다.

홍산과 홍해는 묵린의 등에 엎어져 잠들어 있었다.

순조로웠다고는 하나 두 아이가 녹초가 될 만한 여정이기는 했다.

"저 녀석들 좋은 경험했네."

진구가 그런 모습을 보며 피식 웃었다.

"그러고 보니, 몰래 성문 나갔을 때가 생각나네?"

딱 저 나이였을 때다. 진구는 오랜만에 떠오른 추억이 즐거운 듯했다.

"밤이 된 후 겁에 질려서 그대로 돌아왔다가, 수문병 아저씨들께 혼나고, 부모님들께 정말 죽도록 맞았지."

종현이 씁쓸히 웃으며 그 말을 받았다.

"아마 그때부터였지? 악동 오인방이라 불린게?"

홍원이 기억을 더듬으며 말했다.

셋의 시선이 한 곳에 얽혔다.

누가 먼저랄 것도 없이 웃음이 터졌다.

"푸하하하!"

"하하하하!"

"킥킥킥."

그랬었다.

그런 추억이 있는 곳이었다.

그래서 이곳이 좋다.

읍성이 좋았다.

홍원 일행은 성안으로 들어갔고 진구는 계속해서 성문 경계 근무를 섰다.

어머니께서 기쁜 얼굴로 자식들을 반기셨다.

"많이 힘들었지?"

"어머니!"

"엄마!"

홍산과 홍해가 어머니의 품에 안겨서는 눈물을 흘린다.

여정 내내 아무런 내색도 하지 않았으나, 어머니의 품이, 집이 많이 그리웠을 것이다.

"그래, 내 새끼들. 많이 보고 많이 배웠지?"

어머니는 아이들의 등을 토닥이며 흐뭇하게 내려다보셨다.

그런 어머니의 눈가도 살짝 붉어져 있었다.

두 아이를 낳고 이렇게 오랜 기간 떼어놓은 적이 없었다.

홍원은 한쪽에 서서 가만히 그런 모습을 지켜 보았다.

"고생 많았다."

어머니가 홍원의 손을 쓰다듬으며 말했다.

"별고 없으셨죠?"

어머니의 손을 마주 잡으며, 살짝 내부를 관조했다. 건강에
는 아무 이상이 없었다.

그제야 홍원은 한시름 놓았다.

어머니의 몸은 정말 건강해져 있었다. 이제 먼 길을 떠나도
될 듯했다.

"어서 식사들 하고 쉬자꾸나. 먼 길 많이 피곤할 게야."

그렇게 세 남매는 오랜만에 어머니가 해준 밥을 먹고 집에서
푹 쉬었다.

다음 날 하루는 아무 일 없이 푹 쉬었다.

종현도 많이 피곤할 것이다.

그렇게 온전히 하루를 쉬고 나서, 홍원은 종현을 만났다.

예의 늘 모이던 주막이었고, 이번에는 철우와 진구도 있었다.

애매한 시간에 모인 탓일까. 주막의 평상에는 그들 말고는
아무도 없었다. 이런 일은 드물었는데, 때가 묘했다.

먼저 도착한 세 사람은 이미 탁주 한 사발씩 하고는 이야기
를 나누고 있었다.

종현이 성현상단에서 어떻게 거래를 했는지 이야기를 해주

니, 진구와 철우는 큰 소리로 웃었다.

"그래도 다행히 그놈들에게 잡히지는 않았구나."

"빨리 움직였으니까. 그 덕에 홍산과 홍해가 고생했다."

묵린을 타고 움직였지만, 쉽지 않은 길이었다.

"괜히 데리고 갔나 싶기도 해."

홍원이 평상 한쪽에 앉으며 말했다.

"왔구만."

진구가 씨익 웃었다.

"뭐, 좋은 경험이지. 집 나가면 고생이라는 걸 알았을 테니까."

철우가 그답지 않은 농담을 했다.

하지만 단순한 농담은 아닐 것이다. 자신들도 어릴 때 그 사실을 깨달았으니까. 집을 나가고 한나절 만에.

"언제 떠날 거냐?"

자신의 사발을 단숨에 들이킨 철우가 홍원을 본다.

"글쎄. 빨리 가는 게 좋지 않을까?"

대답을 하는 홍원의 시선이 종현에게로 향했다.

"그렇긴 한데… 다시 남면으로 간다고 하는 것이, 참……."

종현도 홍원과 같은 고민을 하고 있었다.

그 역시 가족들에게 걱정을 끼치는 것이 고민이었다.

이미 한 번 남면에서 큰일을 겪었는데, 다시 그곳으로 간다고 하면 쉬이 보내줄 리 없었다.

"나도 어머니께 뭐라 말씀드릴지 그걸 모르겠다."

홍원도 같은 심정이다.

그런 두 사람을 보는 진구는 답답하다는 기색이 역력했다.

"그럼, 사실대로 말하고 갈 생각이었냐?"

진구의 물음에 둘은 뭐라 답하지 못했다.

"으이구. 이 답답이들."

철우는 가만히 있었다. 자신처럼 고지식한 이는 아무 도움도 안 된다는 것을 잘 알고 있다.

"당연히 거짓말을 해야지."

그 말에 홍원과 종현의 얼굴에 난처함이 찾아왔다.

진구의 시선이 철우를 향해 휙 돌아갔다.

"너도 아무 생각이 없냐?"

철우는 그저 머리를 긁적였다.

"후우. 이런 녀석들도 친구라고, 이 날 이때까지 이리 지내는 내가 참 대단하다. 대단해."

세 사람의 표정이 묘하게 변했다. 자신들이 진구에게 저런 말을 들을 이유는 없었다.

진구는 아랑곳 않고 자신의 말을 계속했다.

"너희는 너무 순진해. 순진하다고. 당연히 가족들에게 사실대로 말하면 안 되지. 가족들에게 어떤 걱정을 끼치려고. 너희가 길 떠나는 건 나랑 철우만 알고 있다가, 무슨 일이 생기면 어떻게든 하면 될 거야. 원망을 들어도 우리가 듣고."

셋은 말이 없었다.

원망을 자신이 듣겠다는 저 말.

어떤 상황까지 각오하고 있는지 알 수 있었기에.

웃으며, 농담처럼 말하지만, 그 속에 담긴 진구의 진심을 알 수 있었기에, 홍원과 종현은 아무 말도 할 수 없었다.

'물론 네가 생각하는 그런 일은 없을 거다. 진구야.'

홍원 자신이 함께하는데, 절대 그럴 일이 있을 리 없었다.

"하지만 거짓말을 하는 건, 좀."

철우가 자신 없는 목소리로 말했다.

"물론, 사실대로 말해야지."

진구의 단호한 대답에 셋의 표정은 일그러졌다. 대체 무슨 말을 하고 있는 것인가.

"머리도 좋은 녀석들이, 가족들 일이 걸리니까 답답해지네. 사실대로 말해야지. 거짓말을 하면서."

"너. 너무 복잡하게 말한다. 재밌냐?"

철우의 얼굴이 험악해졌다. 진구는 잽싸게 말을 이었다. 분위기 파악은 이미 끝났다.

"종현이 녀석이 남면을 지나려는 이유가 뭐야? 결국 천화국으로 가려는 거잖아. 다만 향신료가 더 싼 동네를 찾아서."

종현이 고개를 끄덕였다. 당연한 말이다.

"그러니까! 천화국으로 간다고 해야지! 향신료를 사러 가는 거니까."

진구가 작은 소리지만, 강하게 말했다.

"대신 그 경로는 해미성을 거쳐서 향산 북쪽을 빙돌아 사막을 건너 간다고 해야지. 그쪽은 상행이 자주 있으니, 사막을 횡

단하는 대상과 함께 움직인다 하고. 어느 정도 상로가 자리 잡
혀서, 위험은 덜 하잖아. 힘이 많이 들어서 그렇지."

맞는 말이다.

진구가 말한 경로로 대상과 함께 천화국으로 다녀올 경우
그 시일과 노고에 비해 이문이 적었다.

천화국 북부의 향신료는 남부에 비해 비쌌다. 중원에 비해서
는 싸지만, 상행에 자리를 마련해 주는 대상에 수수료를 주는
것을 생각하면, 과연 그런 노고를 감수해야 할까 하는 이문만
남았다.

그래서 사막 무역은 대상들이 꽉 쥐고 있었고, 그들은 그것
으로 막대한 수익을 올리고 있었다.

종현이 굳이 남면을 지나려한 이유이기도 하다.

"그러니까. 그렇게 말하고, 북문으로 나선 이후 멀리 돌아서
향산 동면으로 들어가라고. 사람들 눈에만 안 띄면, 그 이후
남면으로 들어가는 건 일도 아니지. 가족들은 너희가 천화국
으로 간 줄로만 알 거고."

그럴듯한 말이다.

"그리고 사실. 너네 둘이서 남면으로 뚫고 가보겠다 하면, 누
가 믿겠냐. 미쳤다고 하지."

이 말 또한 맞는 말이다.

"네 녀석, 잔머리는 정말이지."

종현이 고개를 절레절레 흔들었다.

"머리는 너희들이 나보다 더 좋지. 단지 이번에는 걱정만 하

고 생각을 안 해서 그런거지."

그 말을 끝으로 진구는 목이 탄 듯 탁주를 시원하게 마셨다.

그 덕에 종현과 홍원은 가장 큰 걱정을 덜 수 있었다.

가장 큰 문제가 해결되었으니 떠나는 것은 빠를수록 좋았다.

"내일 떠나자."

종현이 말했다.

"그렇게 빨리?"

철우가 놀라 물었다. 아무리 변명거리를 만들었다 하나, 천화국으로의 사막 횡단 상행이다.

오늘 말하고 내일 떠나는 것은 너무 급박했다.

"쇠뿔도 단김에 빼라고. 빨리 다녀와야지. 도 영감이 다시 무슨 수작을 부릴지도 모르고."

'뭐, 그럴 일을 없을 거다.'

홍원은 아무런 내색도 하지 않았다.

"그래. 그러자."

홍원의 대답으로 여정이 결정되었다.

"그러면 빨리들 먹고 어서 들어가. 가족들하고 조금이라도 더 있어야지."

진구가 눈앞의 부침개를 주욱 찢어서 입에 넣고는 우걱우걱 씹으며 말했다.

"지저분한 녀석."

그 모습에 철우가 눈살을 찌푸리며 중얼거린다.

철우가 그러거나 말거나 진구는 웃음지으며 열심히 음식을 씹기 바쁘다.

그렇게 네 악동의 모임 자리는 무르익었다.

겨울 해는 늦게 뜬다.

그렇다지만, 너무 이른 시간이다.

어둠 속에 새하얀 입김이 별빛에 부딪혀 흩어진다.

"조심하거라."

아이들은 아직 단잠에 빠져 있을 시간. 어머니께서 집 싸리문 앞에서 담담히 홍원을 바라보고 계셨다.

홍원은 미소를 띤 채 어머니를 마주 보았다.

"걱정 마세요."

어머니는 아무 말 없이 아들을 끌어안았다.

"가족들 잘 부탁한다."

한쪽에서 뒷발로 귀를 긁으며 무심한 듯 있는 묵린. 홍원은 그런 묵린을 바라보며 말했다. 그런 것에 아랑곳 않고 여전히 귀를 긁는데만 집중한다.

홍원은 피식 웃었다.

섭섭한 것이리라.

그래도 어쩌겠는가. 지금 자신이 가족을 믿고 맡길 이는 묵린뿐이다. 남겨둘 수밖에 없는 것이다.

홍원은 그렇게 어머니와의 짧은 작별을 뒤로 하고 읍성 북문으로 향했다. 그곳에는 이미 종현이 기다리고 있었다.

"빨리도 나와 있다."

홍원이 피식 웃었다.

"어서 가자."

종현이 이미 출입 절차를 마쳐놓았기에, 둘은 곧장 북문 옆에 있는 작은 쪽문으로 성을 나설 수 있었다.

둘은 말없이 북쪽을 향해 걸었다.

얼마나 걸었을까. 동쪽 하늘에서부터 붉은 어스름이 몰려와 점차 어둠이 밀려났다.

"그냥 이대로 해미성으로 가서, 사막을 건널까?"

걱정이 되는 것일까.

종현이 불쑥 말했다.

"그러든지."

홍원은 무심히 대꾸했다. 그런 홍원의 반응에 종현은 아무 말없이 걸음을 옮겼다. 홍원은 묵묵히 그 뒤를 따랐다.

상행의 주인은 종현이다.

홍원은 어디까지나 그런 친구를 도와주러 가는 것이다. 그랬기에 아무 말도 하지 않았다.

남면에 다시 도전하기 위해 나선 길이다.

지난번의 경험이 종현을 고민하게 만들었다. 굳은 결심으로 상행을 다시 시작했다.

하지만 시작 전의 결심은 막상 실행에 옮기자 갖은 번민과 고뇌에 흔들렸다.

그렇게 두 사람은 한참을 걸었다.

단둘이 떠난 길이다.

상행이라기보다는 보따리 장사꾼이 더 맞는 말이다.

얼마나 왔을까.

배 속에서 점심때를 알리고 있다. 두 사람은 적당한 나무 아래에 자리를 잡고 육포를 꺼내 간단한 요기를 해결했다.

걸으면서 먹을 수도 있지만, 휴식도 취할 겸 자리를 잡은 것이다.

"난 널 믿는다."

육포를 우물우물 씹으며 홍원이 담담히 말했다.

"그래서 널 돕는 거고."

종현의 눈가가 잘게 떨렸다.

가족들에게 인사를 하고 북문으로 향할 때부터 두려움이 일었다.

문득 은살림주와 송림이 떠올랐다. 그들의 무시무시함이 다시 되살아났다.

아직도 남면에 있을지도 모른다.

그런 불길한 생각이 들었다.

그제야 자신이 얼마나 무모했었는지, 자각했다. 그런 무모한 자신 때문에 마음 고생하고 있을 철우에게 못내 미안했다.

남면으로 갈 생각을 하다니.

지난번에는 초입에서 그들을 만났지만, 사실 그들을 만나지 않았더라도 무슨 일이 생길지 알 수 없는 곳이 남면이다.

무모했다.

아니, 무식했다.

오늘, 다시 남면으로 길을 떠나려니 그런 상념이 종현을 지배했다.

한데, 자신의 친구는 그런 자신을 똑바로 바라보고 있다.

맑은 두 눈에 믿음을 한껏 담고는.

두 눈은 말하고 있다. 자신을 믿으라고.

종현은 믿기로 했다.

눈가의 떨림이 멎었다.

"가자."

짧은 말.

그리고 일어서서 다시 걷기 시작한 걸음의 방향은 서쪽이다.

홍원은 기분 좋은 미소를 지으며 그 뒤를 따랐다.

"뭐 하고 지냈냐?"

"응?"

마음을 정한 덕인가. 지금까지 아무 말없이 묵묵히 걸음만 옮기던 종현의 입이 열렸다.

"읍성 떠나서 뭐 하고 지냈냐고."

"대강 다 이야기하지 않았나?"

홍원의 물음에 종현이 어이없다는 얼굴로 돌아보았다.

"설마 내가 그걸 믿을 거라 생각한 거냐?"

홍원은 그저 담담히 그 시선을 마주 보았다.

어느새 두 사람은 나란히 걷기 시작했다.

"에휴. 진구 녀석이라면 몰라도. 난 어르신이 가르쳐 주신 무술을 꾸준히 수련했어. 그러면 절대 어르신이 약장사라는 말을 못 믿지."

종현은 고개를 절레절레 저었다.

그래도 홍원은 담담히 웃을 뿐이다.

"말하기 싫어하는 것 같으니까. 더 캐묻지는 않으마. 그래도 나쁜 일이 있었던 건 아니지?"

"사부님은 좋은 분이셨어."

홍원의 말에 담긴 진심이 절로 느껴졌다.

"그래. 네가 무슨 생각으로 이야기를 안 하는지 모르겠다만. 이거 하나만 더 말해둘게."

그러고는 걸음을 멈춰서는 홍원을 빤히 쳐다보았다.

"네가 어떤 모습을 보이던, 난 널 믿는다. 그러니까 앞으로 혹여라도 무슨 일이 있더라도 난 걱정하지 마라."

갑작스레 훅 치고 들어온 친구다.

이번에는 홍원의 눈가가 잘게 떨렸다.

아무 말도 할 수 없었다.

그저 담담히 고개를 끄덕일 뿐.

눈가의 떨림이 멎을 때쯤 홍원이 짧게 말했다.

"그래."

그렇게 두 사람은 다시 동면을 향해 걸음을 재촉했다.

"그들은?"

"빠져나갔습니다."

나무로 빽빽한 숲 속의 한가운데. 거대한 나무 한 그루만 있을 뿐 그 주변으로는 이상하게 나무가 없었다. 마치 나무가 방벽이 되어주기라도 하는 듯 그곳을 빽빽이 둘러싸고 있을 뿐.

그곳은 나무를 얼기설기 엮어 만든 집들이 가득 자리한 것이, 마을이었다.

"후우. 일족을 떠난 아이가, 외인(外人)을 데리고 일족의 땅을 가로지르겠다니."

노인은 한숨을 쉬며 가만히 땅을 내려다본다. 그 앞에 선 중년인은 안타까운 얼굴로 그런 노인을 바라보았다.

"암이족(暗耳族)에도 연락을 보냈으니, 그들이 막거나 하지는 않을 겁니다. 촌장님."

중년인의 이어진 말에도 노인은 아무 말이 없었다.

"그 아이는 무슨 생각인지 모르겠구나. 숲이 싫다고 뛰쳐나가서는… 그렇게 피에 절어서 나타나고……."

노인의 말은 한탄이나 다름없었다.

"태어났을 때부터 숲과는 어울리지 못한 아이입니다."

"그랬지. 그랬었어. 도무지 무슨 생각으로 사는지 알 수 없는 아이야."

노인의 얼굴에는 안타까움이 가득했다.

"이미 태상문주께서 그 아이는 문외인(門外人)이라 하셨습니다. 길을 열어준 것도 옛 인연으로 한 번뿐인 일입니다. 잊으십시오."

중년인의 말에 노인은 그를 빤히 쳐다보았다.

"어찌 부자의 인연을 그리 칼같이 잘라냈나? 나조차 이리 안타까운 것을……."

노인의 말에도 중년인의 얼굴에는 변화가 없었다.

"옛일입니다. 귀를 자르고 숲을 나갈 때, 제 아들은 죽었습니다."

대화를 나누는 두 사람의 귀에는 유독 장신구가 많이 달려 있었다. 귓바퀴에 딱 맞게 깎아서 맞춰 넣은 나무 장신구는 귀를 늘리는 역할을 하는지, 보통 사람들보다 귀가 크고 뾰족했다.

노인의 장신구는 더욱 화려했다. 장신구 가운데 구멍이 뚫려 있어 소리를 듣는 데는 아무 문제가 없었다.

"그렇지… 귀를 잘랐지… 일족의 상징을……."

노인은 자신의 귀를 쓰다듬으며 중얼거렸다. 그 귀에는 갖은 귀걸이들이 달려 있었다. 크고 작고, 동그랗고, 뾰족한 것, 막대 같은 것 등 세상 온갖 형태의 귀걸이가 모두 있었다.

"네. 일족의 수치나 다름 없는 아이입니다. 그 아이가 떠날 때 암이족에서 우리 광이족(光耳族)을 얼마나 비웃었습니까? 아직도 그때를 잊을 수가 없습니다."

중년인의 두 눈이 분노로 물들었다.

"알았다. 그만하도록 하자. 암이족에도 태상문주님의 명을 전했다 했으니, 별다른 일은 없겠지. 이것으로 그 아이와 우리와의 인연은 완전히 끝이 난 거야. 나도 잊도록 하지."

"그리고 지금은 고작 그 아이의 문제가 중요한 것이 아닙니다. 그날 이후 날이 갈수록 천신목(天神木)의 영기가 쇠하고 있습니다."

어느새 중년인의 목소리에 분노는 잦아들고 걱정이 가득했다.

그 말에 광이족의 촌장, 광명도는 허허로운 표정으로 눈앞의 거대한 나무를 올려다 보았다.

신목(神木).

그들 일족이 신성시 여기는 나무다.

이곳의 신목은 엄밀히 따지면, 향산 천신목(天神木)의 가지를 가져와 접붙인 것이다.

그래도 신목의 영험한 힘은 크나커, 마을의 결계를 유지시키며 마을을 지켜주고 있었다.

그러나 그날 이후 천신목의 힘이 약해지면서 마을의 신목에도 영향을 미치고 있었다. 신목을 올려다보는 그의 얼굴에는 걱정이 가득했다. 신목을 향한 것인지, 그 아이를 향한 것인지.

"부디 신목의 가호가 그 아이에게 미치기를."

낮게 중얼거린 광명도는 천천히 자신의 거처로 걸음을 옮겼다.

그 뒷모습을 바라보는 중년인의 얼굴에 그제야 안타까운 감정이 떠올랐다.

"어찌 아비가 아들을 버릴 수 있겠습니까… 제가 이렇게 해야 그 아이가 조금이라도 더 살겠지요."

마을의 장로를 맡고 있는 광호산은 하염없이 신목을 올려다 보았다.

마치 촌장의 마지막 말을 듣기라도 한 듯.

마음속으로 아들의 안녕을 신목에게 빌고 또 빌었다.

第四章

목이문

(木耳門)

  홍원과 종현은 날이 어두워질 때쯤 동면에 도달했다. 종현이 고민을 하면서 북쪽으로 걸었던 거리가 적지 않았던 탓이다.

  동면에 접어들자마자, 둘은 노숙 준비를 했다.

  아직 초입인 데다, 위험한 짐승들도 없는 지역인지라 준비하는 두 사람의 손길은 가벼웠다.

  아침 이슬을 피할 지붕까지 덮은 토굴이 금세 만들어졌다.

  "대단하구나. 너."

  토굴은 사실 홍원 혼자서 만든 거나 다름없었기에 종현은 순수하게 감탄을 토했다.

  "이게 내 일이다. 산에서 사는 게."

  홍원은 별것 아니라는 얼굴이다. 그에게는 일상이나 다름없었다. 북면에서 밤을 지새우는 것에 비하면 동면은 너무나 쉬웠다.

물론 북면에서 귀찮을 때는 산의 길로 들어가 밤을 보내기에, 동면보다 더 안전하기도 했다.

작게 불을 피워 간단히 저녁을 해결했다.

홍원은 자신들의 첫 노숙지의 위치를 전체적으로 가늠하고는 걸음을 옮겼다.

"응? 어디가?"

갑작스러운 홍원의 움직임에 종현이 놀라서 물었다. 아무리 동면이라지만, 이 어두운 밤, 산속에 혼자 남겨진다는 것은 충분히 무서운 일이다.

"뭣 좀 가지러."

홍원은 담담히 대꾸했다.

"뭘?"

종현은 홍원에게 다가가 바짓가랑이라도 잡을 듯한 기운을 풍겼다.

"수련할 때 썼던 무기. 이 근처니까 금방 올 거야. 이각 정도면 될 거다."

홍원은 곧장 훌쩍 떠났다.

종현이 미처 잡을 틈도 없었다.

순식간에 친구의 모습이 사라진 산길을 종현은 멍하니 바라보았다.

"빨리 와라……."

아무도 듣는 이 없는 중얼거림이다.

홍원은 순식간에 산의 길로 들어가 경공을 극성으로 펼쳤다. 종현에게는 가깝다 했지만, 사실 상당히 먼 거리다.

오늘 하루 북쪽으로 걸은 거리가 있으니 당연한 일.

어둠의 공포에 잠식된 자신의 친구는 거기까지 생각을 하지 못하는 듯했다.

기연 이후 무공을 펼치는 것이 더욱 쉬워졌다. 자연스러워졌다.

몸에 꼭 맞는 옷을 아무 느낌 없이 입고 있는 듯하달까.

'이 이상의 경지라면, 옷을 안 입은 듯하다고 해야 하려나?'

문득 그런 생각이 들 때쯤 홍원은 수련을 하는 절벽 위에 도착했다.

지체 없이 훌쩍 아래로 뛰어내린 후 단창을 챙겨서는 곧장 다시 올라왔다. 쉬지 않고 발을 올려 종현에게로 돌아갔다.

종현에게 말한 이각보다 조금 더 걸렸다.

"늦었다."

홍원이 모습을 드러내자 종현은 반색을 하며 반겼다.

"겁은 많아가지고."

홍원은 어이가 없었다.

"나도 내가 이런 줄 몰랐다. 이래 본 적이 있어야지."

하긴 상인이 언제 산속에서 홀로 노숙을 하겠는가. 늘 상단과 함께 움직이지.

종현은 보따리 상인도 아니었기에 더욱 그랬다.

"그게 네 녀석 애병이야?"

종현의 시선의 홍원의 단창에 닿았다.

"뭐, 그렇게 만들려고 노력 중인데, 어렵네."

홍원은 창을 한쪽으로 놓아두고는 토굴로 들어가 누웠다. 종현도 그 옆으로 나란히 누웠다. 나뭇가지와 나뭇잎으로 얽어 만든 지붕이 시야를 가린다.

그렇게 두 사람의 첫 밤이 지나갔다.

이후의 길은 홍원이 앞장섰다.

향산에 들어섰기에 종현은 길에 대해서는 전적으로 홍원에게 의지했다.

그 덕에 홍원은 산의 길을 이용해 빠르게 나아갈 수 있었다. 홍원의 뒤를 따르는 종현은 자신이 걷는 길이 과연 어떤 길인지 모른 채 열심히 뒤를 쫓을 뿐이다.

"그런데, 이번에는 같이 간다고 해도… 다음부터는 내가 개인적으로 상단을 끌고 와야 할 텐데, 길이 너무 어렵다."

종현은 나름 길을 외우려 노력은 했는데, 도통 머릿속에 들어오지 않았다. 상행을 다니며, 나름 길눈이 밝다 자부했는데 홍원이 가는 길은 어려웠다.

"글쎄. 다시 갈 수 있을지 모르겠다."

홍원이 자신 없는 말투로 대답했다.

철우에게 들은 대로라면, 이번 한 번 정도가 남면을 지나올 수 있는 한계일 거라는 생각이 들었다.

"무슨 뜻이야?"

종현이 다급히 묻는다.

한 번밖에 못 다녀오는 길은, 상로(商路)로써의 가치가 없으니까.

지금 자신이 이렇게 위험을 무릅쓰고 남면으로 들어가는 의미가 없었다.

자신은 어디까지나 남면 상로를 개척하기 위해서 가는 것이니까.

"아직 확실한 건 아무것도 없어. 일단 부딪혀 봐야지. 남면은 나도 처음이다."

그렇게 두 사람은 걷고 또 걸어, 동면과 남면의 경계를 지나, 완전히 남면의 영역에 들어섰다.

며칠은 걸린 여정이다.

'다르군.'

홍원은 남면에 들어서자마자 주변의 기운이 확 바뀐 것을 느꼈다.

동면과, 북면과 또 다른 기운이다.

'향산은 대체 어떤 곳일까?'

향산의 신비로움은 그 끝이 보이지 않았다. 북면을 다녀오며 향산에 대해 좀 알게 되었다 생각했으나, 남면은 또 다른 세상이었다.

홍원은 여전히 산의 길로 움직이고 있었으나 산의 길의 기운이 좀 달랐다.

북면에서 알게 된 기운 말고 또 다른 기운이 섞여 있었다.

아마도 남면에만 있는 남면 고유의 기운 같았다.

'이것이 목령기(木靈氣)인가 보군.'

철우에게 들은 이야기를 떠올리며 홍원은 가만히 고개를 끄덕였다. 종현은 묵묵히 홍원의 뒤를 따랐다.

길을 외우는 것은 포기한 지 오래다.

남면을 통과한 후 모든 것이 확실해지면, 확실한 상로를 알려주겠다는 홍원의 약속만 믿고 있었다.

남면을 상로로 쓸 수 있을지 없을지는 그때 결정 날 것이다.

'이번 한 번 만이라도 다녀오면… 지난번 손실은 만회하고도 상당한 이문이 남을 거다. 욕심 부리지 말고 거기에 만족하자. 난 이미 한 번 망했다.'

종현은 스스로를 다독였다.

사실 이번 상행도 친구의 덕이다. 밑천 자체도 사실은 친구가 댄 것 아닌가.

그렇게 마음을 다잡고, 욕심을 비우자 걸음이 편안해졌다.

순순하게 산의 풍광을 즐기며 홍원의 뒤를 따를 수 있었다.

"그런데, 좀 느려진 것 같다?"

종현이 문득 깨달았다.

어느새 자신과 홍원 사이의 간격이 상당히 좁혀져 있다. 홍원이 느리게 움직인다는 뜻이다.

"남면의 길은 좀 달라."

홍원은 천천히 걸음을 옮겼다.

"역시 남면이라는 건가? 그런데 남면은 남면 토착 부족 때문에 위험한 것 아니었어?"

지난번, 철우와는 전혀 다른 길로 가고 있었기에 종현은 대수롭지 않게 물었다.

"그거랑은 좀 다른 것 같아. 나무가 움직인다."

"그렇구나."

친구의 대답에 종현은 고개를 끄덕이다가 걸음을 멈췄다. 방금 친구가 한 이상한 말이 그의 걸음을 잡았다.

"뭐라고? 뭐가 움직인다고?"

종현의 목소리가 커졌다.

"나무가 움직인다고."

홍원은 침착했다.

"그게 말이 된다고 생각해?"

종현은 어느새 홍원의 앞으로 달려와 친구의 두 눈을 똑바로 바라보았다.

"말이 안 되지."

"그렇지."

종현은 친구가 미친 것이 아니라는 사실에 안도했다.

"그런데, 실제로 일어나고 있어."

이어진 말에 인상이 팍 찌그러졌다.

"그럴 리가 없잖아. 난 전혀 못 느끼고 있다고."

종현의 반응은 당연한 거다. 산의 길이 변하고 있었다. 홍원이 걸음을 옮길 때 분명 막다른 곳이었으나 길이 열리고, 길이 있던 곳에 나무가 나타나 길을 막아버린다.

이런 일은 처음이었기에 홍원은 상당히 신중히 걸음을 옮기고 있었다.

산의 길의 기운이 변화무쌍했다.

마치 무언가가 움직이는 듯했다.

'철우 녀석은 그 어린 시절에 용케도 이런 곳을 헤치고 나갔군.'

홍원은 철우가 해준 이야기를 떠올렸다.

"장 아저씨께, 산에서 길을 찾는 법을 좀 배웠다. 동면에서는 도통 알 수 없었는데… 남면으로 가니 왠지 숨겨진 길 같은 게 보였어. 나도 왜 그런지는 알 수 없었지. 그냥 느껴진 거니까."

철우는 처음 남면으로 갔을 때를 떠올렸다.

"그렇게 그 길을 걷는데, 굉장히 기분 좋은 느낌이 드는 곳이 있었어. 나한테 자꾸 오라고 하는 거 같았지. 어렸으니까 곧장 갔다. 그리고 나무 열매 하나를 발견했어. 영롱히 빛나고 있었다. 난 홀린 듯이 그 열매를 따서 먹었다. 어린 내 손이 닿을만한 작은 나무였어."

철우의 목소리는 시종일관 담담했다. 홍원은 묵묵히 듣기만 했다.

"그때 그들을 만났다. 귀에 기이한 장식을 한 남면의 부족들이지. 그들은 목이문(木耳門)이라는 문파의 사람들이라 했다. 난 곧장 그들 중 광이족이라 불리는 부족의 마을로 끌려갔다. 내가 먹은 그 열매가 문제였어."

철우가 먹은 열매는 목이문 사람들이 목령과(木靈果)라 부르는 열매다. 그들이 신성시 여기는 천신목의 가지를 접붙여, 그 것이 그 땅에 자리를 잡을 때 단 한 번 열리는 영기의 정수였 다.

마을의 장로 후보가 취하는 열매다.

그걸 이방인이 먹은 것이다.

신목의 목령기는 굉장히 강해서, 보통 사람이 먹었을 때는 그것을 소화시키지 못하고 몸 안에 뭉쳐서 머물게 된다. 목이 문의 사람들은 그렇게 알고 있었다.

그래서 철우를 그들의 마을로 데리고 간 것이다.

목령기를 다시 꺼내기 위해.

하지만 어찌된 영문인지 철우는 이미 그 기운을 모두 소화 시켜 버린 것이다.

"인연이 없는 이라면 그곳까지 가지도 못 했을 것이다. 숲의 숨겨진 길에 심은 가지이거늘, 그것을 이방인이 발견했으니. 숲 의 숨겨진 길은 우리 일족 중에서도 선택받은 몇몇만이 들어갈 수 있는 곳이다. 그런데 이방인이 그곳에 들어가서 그걸 그리 쉽게 먹었으니, 그 목령과의 주인은 이 아이인가 보구나."

철우는 당시 그 촌장의 말을 잊을 수가 없었다. 마을로 끌려 가는 동안의 험악한 분위기에 자신은 죽을지도 모른다고 겁에 질려 있었기에.

실제로 죽여서라도 목령기를 회수해야 한다는 말을 끌려가 면서 언뜻언뜻 들은 터였다.

"천우신조였다. 그런데 그 목령과라는 게 그들이 말하는 숲의 숨겨진 길을 드나들게 해주는 정도의 힘이 있을 뿐이었다. 그런데 그게 그들에게는 굉장히 명예로운 일인 모양이더라고. 천신목이 허락한 길에 들어갈 수 있는 거라고. 부족 내에서도 그 길을 드나들 수 있게 타고난 자들이 몇 없어서, 그 열매를 굉장히 귀하게 여겼어."

"그 열매의 주인이었던 이에게 미움 받았겠네."

홍원의 물음에 철우는 고개를 저었다.

"모른다. 나는 그를 본 적도 없고 그도 나를 보지 못했다. 하지만 아마 많이 원망하겠지. 만나면 사과를 해야겠다고 지금까지 생각만 할 뿐이다. 누구인지 모르니까."

철우의 얼굴에 씁쓸함이 감돌았다. 무언가 다른 사연이 더 있는 듯했다. 홍원은 잠자코 있었다. 묻지 않아도 어차피 철우가 다 이야기해 줄 터다.

"그날 촌장님은 나를 모처로 데리고 가셨어. 내 몸을 확인한 직후에 바로 말이야. 소화는 했으되, 겉돌고 있다며, 그 기운을 완전히 내 걸로 해야 한다고 하셨어. 그래야 천신목의 인정을 받아서, 목이문의 친구가 될 수 있다고. 그러지 못하면 나를 죽여야 한다고 하셨다. 그들의 영역을 침범한 침입자로서."

홍원은 철우의 이야기에 점점 더 빠져들고 있었다. 남면이라는 곳은 북면과는 또 다른 신비를 가지고 있는 곳이었다.

"그곳에 있는 동안 많은 것들을 알 수 있었다. 장 아저씨도 몇 번 그곳에 가셨었어. 그들의 숨겨진 길에서 그들을 만나기도 했고, 그 길을 자유자재로 드나들 수 있었기에, 그들이 장

아저씨를 친구로 인정했다고도 알려줬지. 내가 아저씨께 길을 보는 법을 배웠다니, 조금은 나를 인정하는 듯도 했고. 그들은 외인을 친구로 두는 경우가 굉장히 드물어. 그들은 친구가 아니면 적인데, 숲에 들어온 거의 모든 사람들을 그들은 적으로 대했으니까."

아버지는 대단한 사람이었다.

지금 홍원이 믿는 것은 그것이었다.

철우에게 들은 이야기. 아버지가 그들의 친구였다는 것.

그렇다면, 아버지와 같은 능력을 지닌 자신 역시 그들의 친구가 될 수 있지 않을까.

그것만 믿고 남면으로 향한 것이고, 그래서 줄곧 산의 길로만 움직이고 있었다. 그들이 숲의 숨겨진 길이라 불리는 곳으로.

"촌장님."

"무슨 일인가? 광 장로."

촌장은 자신을 다급히 찾아온 광호산을 보며 고개를 갸웃거렸다. 이렇게 급박하게 자신을 찾을 일이 없기 때문이다.

"길에 이방인이 들어왔습니다."

광호산의 대답에 촌장 광명도는 깜짝 놀랐다.

"뭐라? 그럴 리가. 그가 죽은 후로는 그 길을 찾을 이라고는 철우 그 아이만이 남았을 텐데."

광명도는 믿을 수 없다는 얼굴이다.

철우의 일이 있은 후 광이족의 무사들이 정기적으로 숨겨진 길을 살폈다. 그곳으로 들어갈 수 있는 무사들이 극소수라 철저한 감시는 불가능했지만, 철우의 일과 같은 사태는 막아야 했다.

물론 철우 이후로 그곳에 들어온 이는 없었다.

간혹 그 친구가 찾아왔지만, 그것도 팔구 년 정도 전이 마지막이었다. 철우에게서 그가 죽었다는 이야기를 듣고 얼마나 슬퍼했던가.

자신들의 일족이 아니고 또다시 나타난 숨겨진 길을 보는 사람의 존재에 촌장은 몸을 일으켰다.

"문에 사람을 보내고 우리도 길로 가보도록 하지."

"네. 신목의 영기를 빌려 일단 마을에서 떨어진 곳으로 흘러가도록 유도 중이라 했습니다만. 얼마나 가능할지는 모르겠습니다."

숨겨진 길에 들어갈 수 있는 무사들은 딱 열 명이다. 촌장 자신과 장로 광호산까지 하면 열두 명.

악한 성정을 가진 이는 절대 들어올 수 없는 길이라 믿고 있지만 모를 일이다.

부디 아무 일 없기를 바라며 광명도는 바삐 움직이기 시작했다.

'친구 일행을 데리고 온다던 철우 녀석은 소식이 없고, 이 무슨 일이란 말인가. 뜬금없이 그 아이가 나타나더니 이번에는 또.'

광명도의 머릿속은 복잡하기 그지없었다.

일단 침입자들을 확인해야 했다.

광이족의 마을이 부산해지기 시작했다. 숨겨진 길에 들어갈 수 있는 수는 얼마 없지만 그 입구를 막을 이들도 움직여야 했다.

모든 경우의 수를 대비한 움직임이다.

*   *   *

"네 녀석 남면 출신이었냐?"

사강도가 앞서 걷던 송림에게 툭 던지듯 물었다.

송림은 아무 말이 없었다.

"난 아직도 기억이 난다. 피딱지 앉은 천으로 귀를 둘둘 말고는 은살림으로 들어서던 네 모습. 그게 십사 년 전이던가 십오 년 전이던가……"

죽립 아래 송림의 귀가 움찔거렸다. 귓바퀴 부분이 일직선으로 잘려 나간 듯한 흉터가 있다. 귓바퀴 일부가 잘려 나가 일그러진 모습이 과히 보기 좋지는 않았지만, 그 크기는 보통 사람의 귀와 다를 게 없어 신경 써서 보지 않으면 딱히 눈에 들어오지 않는 모습이다.

은살림주 사강도는 남면을 통과하면서 본 광이족과 암이족의 모습을 떠올렸다.

장식을 귓바퀴에 끼워넣어서 귀를 억지로 늘린 모습이었다. 어릴 때부터 끼워넣은 듯, 성인의 귀는 자신의 그것보다 두 배는 커보였다. 틀의 모양 때문에 끝부분이 살짝 뾰족하게도 보였다.

한데 송림의 귀는 자신과 크기 면에서는 크게 다를게 없었다.

무려 절반은 잘랐다는 소리다.

'독한 놈.'

무슨 사연이 있는지는 모르겠다.

하지만 남면을 통과하면서 본 서로에 대한 경멸을 보았기에 캐물을 수는 없었다.

그렇게 생각을 했지만 사강도의 입은 가만히 있지를 못했다.

"그래서 아예 남면으로 길을 잡은 거냐?"

숭무련에 쫓길 때 향산으로 향하는 송림의 걸음에는 거침이 없었다. 남면으로 향하는 것을 알았을 때 사강도는 송림이 미친 줄 알았다.

숭무련 손에 죽느니, 남면으로 가서 죽을 작정인 줄 알았다.

서희상단이라는 상단을 털려고 할 때야, 뭔가 방도가 있다는 것을 느꼈을 뿐이다.

"그러고 보니, 그 상단을 만난 건 완전히 운이었네? 네가 가려던 길로 그 녀석들의 전서구가 날아간 거잖아."

문득 그 사실을 깨달은 사강도의 말에 송림이 우뚝 멈춰섰다.

"신기하네. 그렇게 외부인을 배척하는 그들과 전서구를 주고받는 상단이라니."

자신이 겪은 사실을 바탕으로 사강도는 순수하게 의문을 표했다.

송림이 눈가를 찡그렸다.

그러고 보니 이상했다.

그때는 아무 생각이 없이 전서구를 보았다. 그사이 마을이 새로운 표국과 상단을 통해 숲에서 구할 수 없는 생필품을 구하는가 보다 생각을 했고, 그래서 그 상단을 털었다.

자신이 쓸 자금도 필요했지만, 마을에 도움을 주는 녀석들에게 엿 먹이고 싶다는 생각도 컸다.

그래서 죽이지 않았다.

망한 채로 숲을 벗어나 더 괴롭게 살라고.

'어쩌면 그 녀석인가?'

불현듯 떠오른 생각이 있었다.

그 생각대로라면, 차라리 죽일 걸 그랬다는 후회가 들었다.

'쫓기느라 머리가 예전만큼 돌아가지 않았나보군.'

서면에 들어서 안전을 확보한 이후에 그간의 일들을 복기해 보니, 보이는 것들이 있다.

완숙한 살수라 생각했던 자신은, 아직 미숙한 부분이 여러 곳 있었다.

이번의 경험으로 그것을 깨닫게 되었다.

어차피 지금은 다시 남면으로 돌아가지 못한다.

남면을 통과할 때 암이족의 무사들이 분명히 말했다. 길을 열어주는 것은 이번이 마지막이라고.

그렇다면, 중원으로 복귀할 때는 사막을 돌아가야 하리라.

'되었다.'

어쨌든 혹시나 하는 단서를 잡았고, 그렇다면 후일 찾아가면 된다. 그 녀석이 자신이 생각하는 그 녀석이라면 쉬이 죽지 않을 테니까.

"아, 좀 말을 해보라고."

사강도가 답답하다는 듯 송림의 어깨를 붙잡으며 소리쳤다. 그 말을 신호로 멈춰 섰던 송림이 다시 걸음을 옮기기 시작했다.

"이제 다 지난 일이외다. 림주."

"거, 녀석."

송림의 낮게 깔린 목소리에 사강도는 더 이상 묻지 못했다.

그저 그 뒤를 따를 뿐이다.

남면을 빠져나와 서면을 지나가고 있는 이상 숭무련은 완전히 떨쳤다고 봐도 좋았다.

설마 숭무련에서 천화국까지 사람을 보낼까.

게다가 그들은 천화국에서도 최남단에 있는 자갈타 섬으로 들어갈 예정이다.

숭무련에서는 절대 자신들을 찾지 못한다.

지금도 있겠다. 그곳에서 적당히 시간을 보내다가 잠잠해질 때쯤 다시 중원으로 돌아가면 된다.

'사막을 건너는 건 더 힘들겠지?'

사강도는 벌써부터 중원으로 돌아갈 길을 걱정했다. 아직 천화국에 당도하지도 않은 때에.

홍원은 걸음을 멈췄다.

"왜 그래?"

홍원이 풍기는 분위기가 달라진 것을 느낀 종현이 물었다.

"다가오는 사람들이 있다."

종현은 그 말에 침을 꿀꺽 삼켰다.

이곳에서 다가오는 사람들이라면 뻔하다. 남면에 산다는 그 부족일 터.

드디어 그들을 만나게 되는 것이다.

지난번 상행에서는 은살림 덕에 그들을 만나지 못했다. 철우 녀석이 친분이 있는 듯했었다.

철우가 홍원과 가라고 했으니, 아마도 홍원에게 무슨 방도가 있을 거라 믿었다.

그래도 그간 전해진 이야기가 있었기에 절로 긴장이 되는 것은 어쩔 수 없었다.

홍원은 담담한 눈으로 전방을 바라보고 있었다.

산의 길의 기운이 움직이면서 길이 닫히고 열리는 것이 자신들을 일정한 곳으로 유도한다는 듯한 생각이 들었었다.

깨달음을 얻기 전이라면 그저 그리로 갈 수밖에 없었겠지만 지금은 다르다. 향산의 기운을 알기에 억지로 비틀어 자신이 원하는 길로도 갈 수 있었다.

하지만 철우에게 들은 이야기가 있었기에 일단은 펼쳐진 길에 순응해 움직였다.

그리고 반응이 나타난 것이다.

모두 열둘의 인원이 이리로 접근하고 있었다.

'생각보다 많군.'

철우는 이 길에 들어설 수 있는 인원이 극소수라 했지, 몇이라고 말해주지 않았다.

그래서 홍원은 대여섯 정도를 예상했으나 지금 접근하는 기척은 그 곱절이다.

선발대와 후발대로 나뉘었는지 빠르게 다가오는 여섯과 그 뒤로 뒤처진 여섯의 기척이 느껴졌다.

홍원은 몸에 힘을 빼고 방문자들을 기다렸다.

창을 쥔 손도 자연스레 늘어뜨렸다.

하지만 이내 손에 힘이 들어갔다. 그들이 내뿜는 투기가 피부를 콕콕 찔렀다.

"종현아. 뒤로 물러서라."

홍원은 앞으로 천천히 걸음을 옮겼다.

그렇게 열 걸음쯤 걸었을 때.

여섯 줄기의 검광이 홍원을 향해 날아들었다.

홍원의 창이 천천히 그러나 섬광과 같이 움직였다.

챙. 채채챙. 챙.

날아들던 검이 모두 튕겨 나갔다.

"다시 한번 간다!"

그때 들려온 상대방의 목소리. 다시 여섯 방향에서 검이 날아들었다.

홍원은 자연스레 그 가운데로 걸음을 내딛으며 창을 휘둘렀다. 다시 한번 부딪히는 검과 창, 창과 검.

그 어느 검 한 자루도 홍원에게 닿지 못했다.

홍원의 움직임이 점점 빨라지며 창을 사방으로 휘몰아쳤다. 여섯의 무사들이 사방에서 홍원을 에워싸며 공격했지만, 점점 뒤로 밀리는 것은 그들이었다.

"쳇. 일단 저쪽부터 제압한다."

그들 중 수장으로 보이는 이가 종현을 눈짓하며 말하자 홍원을 상대하던 이들 중 둘이 종현을 향해 몸을 날렸다.

그와 동시에 네 방향에서 더욱 강해진 공격이 홍원을 향해 날아들었다. 서로의 빈틈을 매워주는 절묘한 공격이었다.

'합격술이 제법이다.'

홍원은 그들의 실력에 감탄했으나 그뿐이다.

아직 홍원에게는 한참 미치지 못했다. 홍원은 구태여 그들의 공격을 상대하지 않고 보법을 밟아 그 틈을 빠져나왔다.

아무리 서로 빈틈을 매워주고 있다고는 하나, 홍원의 눈에는 허점 투성이였다.

홍원에게는 저들을 상대하는 것보다 종현의 안전이 더욱 중요했다.

"어어어……."

갑작스레 자신을 향해 검을 들고 달려드는 두 사람을 보는 순간 종현은 그 자리에 굳어버렸다.

홍원의 사부가 알려준 무술을 수련했다 하나, 그건 어디까지나 홀로 익힌 것이다.

사람을 상대해 본 적이 없었다.

처음으로 접하는 자신을 향해 적의를 드러내는 무사들의 투기는 절로 몸을 굳게 만들었다.

두 자루의 검끝이 각기 종현의 팔과 다리를 향해 날아 들었다.

채챙.

종현이 겁에 질려 눈을 질끈 감는 순간 울린 소리.

몸에 아무런 통증이 느껴지지 않았기에, 종현은 살며시 눈을 떴다.

그곳에는 든든한 친구의 등이 자리하고 있었다.

"홍원아……."

홍원은 대답하지 않았다.

그저 창을 휘두를 뿐.

조금 전보다 창에 실린 투기가 더욱 거칠어졌다.

종현을 노린 데 대한 반응이리라.

"시간 끌 거 없겠지."

담담히 중얼거린 그 말이 끝나는 순간.

홍원의 앞으로 무시무시한 기운이 폭사했다.

그와 동시에 움직이는 여섯 번의 창질.

동시에 여섯 명이 나가떨어졌다.

모두가 검을 놓친 채 배를 움켜쥐고 신음을 흘리고 있다.

어느새 창을 뒤집어 들고는 창 뒤 뭉툭한 곳으로 그들의 명치를 찔렀다.

타격하는 순간 적당히 힘 조절을 했기에 치명상은 입지 않았겠지만, 그 충격이 작지는 않을 것이다.

종현은 멍한 눈으로 그런 홍원의 뒷모습을 보았다.

"너… 굉장히 강하구나… 역시 어르신은 보통 분이 아니셨어……."

종현이 중얼거렸다.

철우의 강함은 느낄 수 있었으나, 홍원의 강함은 느낄 수 없었다. 그래서 홍원이 이야기한 지난 십오 년 세월에 대해 반절 정도는 믿고 있었다.

그런데 이런 모습이라니.

'내가 가늠하기에는 너무 컸던 건가…….'

그때 나머지 여섯이 그 자리에 당도했다.

"흐음……."

선두에 도착한 광명도는 침음을 삼켰다.

사안이 사안인지라 가장 뛰어난 여섯이 앞질러 달렸다. 실력의 차이가 있었기에, 전력으로 경공을 펼쳤음에도 두 무리로 나뉘게 된 것이다.

한데 먼저 도착한 모두가 저렇게 쓰러져 있다니.

광명도의 시선이 홍원의 그것과 얽혔다.

홍원과 마주하는 순간 직감할 수 있었다.

나쁜 이가 아니라는 것을.

그러기에는 눈앞의 남자는 그를 닮았다. 생김새가 젊은 시절의 그를 떠오르게 했다.

홍원은 담담한 눈으로 광명도의 시선을 마주했다.

아무래도 자신들이 너무 성급했던 모양이다.

"자네는 아마도 그의 아들이겠군."

광명도의 말에 종현이 홍원을 쳐다보았다. 뜬금없는 말이었지만, 종현조차도 눈앞의 노인이 말하는 그가 누구인지 알 수 있을 것 같았다.

"그렇습니다."

홍원의 얼굴은 시종일관 담담했다.

쓰러진 동료들을 보는 이들이 흉흉한 기세를 피워냈지만 홍원은 아무런 영향을 받지 않았다.

"허어. 길을 보는 눈이 피를 따라 전해지는 것이 아니거늘……."

혈통에 따라 그 능력이 전해지는 것이었다면, 일족에 그 능력을 가진 이가 이렇게 귀할 일도 없었다.

"운이 좋았습니다."

"그건 운이라는 단순한 말로 치부할 능력이 아닌 게야. 우리 일족을 뛰어넘는 능력이거늘. 쯧."

홍원의 대답을 들은 광명도는 가볍게 혀를 찼다.

실제로 목이문 사람들의 능력은 오직 남면에서만 발휘가 되었다.

그들의 천신목의 기운이 뻗어 있는 남면에서만 숨겨진 길에

들 수 있었지, 남면을 벗어나면 무용지물이었다. 하나 그는 향
산 전체를 제 집처럼 누볐다.

거기에 생각이 미치자 광명도는 고개를 끄덕였다.

'어쩌면 비슷할 뿐 우리의 그것과는 전혀 다른 능력일 수도
있겠어.'

예전에도 그런 생각을 했었다.

하지만 그의 아들이 그와 같은 능력을 가지고 자신의 눈앞
에 서 있으니 그에 관한 생각이 확신에 가까워졌다.

"난 광이족을 이끌고 있는 광명도라 하네. 아무래도 우리가
손님에게 실수를 한 모양이군."

그의 말에 사람들의 기세가 누그러들었다.

"저는 장홍원이라 합니다. 이쪽은 제 친구로 상단을 운영 중
인 박종현이라 합니다."

홍원이 예를 취하며 소개를 했다.

"미안하네. 내가 정식으로 사과하네. 이곳은 우리에게는 금
지와도 같은 곳인지라, 외부인이 들어왔다는 소식에 성급하게
손이 나간 듯하이."

두 사람의 대화에 분위기는 차분히 가라앉았다.

"손속이 좀 과하기는 하셨습니다."

답을 하는 홍원의 말속에 가시가 있었다. 종현을 노린 일 탓
이다.

그런 홍원의 날카로운 반응에 후발대의 무사들 속에서 광호
산이 한 발 앞으로 나섰다.

"자네, 무례하군. 아무리 그의 아들이라 하나. 그도 길을 드나드는 능력으로 우리의 친구로 인정을 받았을 뿐. 이렇게 무례하지는 않았네."

홍원이 그를 바라보았다.

"호산 장로. 그만두게. 먼저 공격한 우리가 잘못한 것이 맞아."

광명도가 광호산을 말렸다.

"아닙니다. 촌장님. 우리의 금지(禁地)를 침입한 저들이 먼저 잘못한 것입니다."

쓰러져 있는 여섯은 광호산의 직계 제자들이다. 그랬기에 그가 더욱 강경한 모습을 보이는 것이다.

침입자들에게 촌장이 먼저 사과까지 했는데, 저런 버릇없는 대거리라니. 가만히 보고만 있을 수 없었다.

자신은 광이족의 장로였다.

광호산의 몸에서 투기가 끓어오르기 시작했다. 사방으로 번져 나가는 기세를 이윽고 살기를 띠며 홍원을 향해 날아갔다.

홍원은 담담한 얼굴로 그 살기를 모두 흘렸다.

자칫 종현에게 날아가면 위험했기에 그쪽을 더욱 튼튼히 방비했다.

"누가 무례한 것인지 모르겠군요."

홍원이 딱딱한 목소리로 말했다. 얼굴은 목소리보다 더욱 딱딱해져 있었다.

이곳이 저들의 금지라는 것은 철우에게 들어서 알고는 있었다.

저들은 아직 자신과 철우가 친구라는 것조차 모른다. 즉, 저들의 입장에서 자신과 종현은 그저 산속에 들어온 이방인일 뿐이다.

그런데 저런 대응이라니.

'혹시?'

그때 무엇엔가 생각이 미쳤다.

"설마 제 선친께서 이곳에 오셨을 때도 처음에는 이리 핍박을 하셨던 겁니까?"

홍원이 바짝 날이 선 모습으로 물었다.

"그들은 친구가 아니면 적이다. 그리고 적에게는 굉장히 배타적이고 공격적이지. 그들이 그 오랜 세월 남면에 자리 잡고 살아오면서 남면을 금지로 만들 수 있었던 이유다."

철우에게 들었던 말이 머릿속에서 울렸다.

　　　　＊　　　　　　＊　　　　　　＊

"흥. 이곳은 우리 일족과 목이문의 금지다. 이곳을 무단으로 들어온 자들은 모두 침입자들이야."

광호산은 단호한 얼굴로 말했다. 그의 모습이 홍원의 물음에 대한 답이 되었다.

홍원의 기세가 고요히 가라앉았다. 눈빛은 더욱 깊어졌다.

깊고 깊은 눈빛 속에서 차가운 불꽃이 활활 타오르기 시작했다.

홍원 자신도 몰랐다.

지금껏 살아오면서 이토록 분노를 해본 적이 없었기에.

극도의 화가 자신을 집어삼켰건만 오히려 머리는 차갑게 가라앉았다.

진정으로 화가 난 것이 이런 것일까.

홍원은 가만히 광호산을 바라보았다.

광호산 역시 홍원을 쏘아 보고 있다.

둘 사이에 말이 필요 없는 분위기가 만들어졌다.

"그만두게나. 장 엽사 그 친구가 처음 이곳에 들어왔을 때, 무사들이 그를 포위한 것은 사실이나, 그 능력이 귀하였기에 절대 함부로 대하지 않았네."

광명도가 다급히 끼어들었다.

그는 홍원의 몸에서 일고 있는 분노를 느낄 수가 있었다.

아무리 광호산이 광이족 최고의 고수라 하지만, 불길한 느낌이 들었다. 절대 저 둘이 싸워서는 안 된다.

"친구가 아니면 적. 일단 처음 조우한 이는 적으로 간주한다. 이것이 당신들의 대응책으로 알고 있습니다."

홍원은 담담히 답했다. 철우에게 들은 이야기다.

"그리고 조금 전에도 저들은 아무 말 없이 나를 향해 검을 날렸지요."

비록 살기가 없었고, 목숨을 노린 것이 아니었으나, 하나같이 흉험한 공격이었다.

그냥 가만히 있었다면 필시 작지 않은 상처를 입었을 것이다. 아버지께도 그렇게 했었다고 생각하니 분노의 크기는 점점 더 커져만 간다.

아버지는 산의 길을 드나들 수 있었을 뿐, 본신은 그저 보통의 사냥꾼이셨으니까.

조금 전 종현이 바짝 얼어 아무것도 못한 것처럼, 그렇게 저들을 처음 만났으리라.

자신이 어린 시절, 산의 길을 알려주시는 아버지는 이곳은 자신만이 다닐 수 있는 길인 것 같다 하셨다.

남면에 오셨을 때, 다른 이들이 이 길에서 자신을 공격하리라 어찌 생각을 하셨을까.

앙다문 이에 절로 힘이 들어간다.

창대를 움켜쥐는 손등 위로 힘줄이 불끈 솟아오른다.

광호산이 자신의 검을 뽑아 홍원을 겨눴다.

그도 상대의 기세를 느끼고 있었다. 조용히 가라앉아 있으되 끊임없이 타오르고 있다.

더 이상 말이 필요 없는 상황이다.

"타핫!"

먼저 움직인 것은 광호산이다.

"네놈의 버릇을 고칠 것이다!"

강렬한 검풍을 일으키며 사방을 쓸어오는 검에는 영롱한 검강이 맺혀 있었다.

쾅!

그 순간 울린 커다란 소리와 함께 땅을 내려찍은 홍원의 진각.

그 기운이 사방으로 퍼져 나갔다.

"으윽."

"크윽."

광명도와 나머지 무사들이 다급히 내력을 끌어올려 저항해야 할 만큼 강렬한 기운이었다.

홍원을 향해 날아들던 광호산마저 멈춰 섰다.

그리고 종현이 쓰러졌다.

홍원은 자신이 내뿜은 강렬한 진각의 기운으로 종현의 혼혈을 짚은 것이다.

이 이상을 보아서 종현에게도 좋을 것은 없을 것 같았다. 그리고 아무리 친구라지만, 자신의 모든 것을 드러낼 수는 없었다.

자신이 문제가 아니라, 친구가 문제였다.

과연 종현이 자신의 모든 것을 받아들일 수 있을까.

받아들일 수 있다고 믿는다.

그러나, 그걸 받아들임으로 인해 친구가 지게 될 부담이 싫었다.

종현에게 보여줄 수 있는 것은 아까 여섯 무사를 상대할 때까지였다.

광호산이 검강을 뿜어내는 순간, 종현이 보게 두는 건 여기까지라는 생각이 들었다.

검강을 뿜어낸 채 홍원을 보는 광호산. 홍원은 그를 가만히 마주보며 가볍게 창을 휘둘렀다.

그런 창 전체가 강기에 휩싸여 있었다.

날붙이 부분만이 아닌 창대 전체까지.

"저런⋯⋯."

무사 중 누군가가 놀라서 중얼거렸다.

목이문 본문에서도 들어보지 못한 경지였다.

광호산은 녹빛을 띠는 검강을 홍원에게 휘둘렀다. 그들 독문 검법의 검로를 충실히 따르고 있었다.

그 검로를 보는 홍원의 얼굴에 작은 놀람의 기색이 어렸다.

자신은 분명 이들을 처음 상대하건만, 상대의 검로가 너무나 익숙했다.

수없이 베어 넘긴 기억이 있었다.

바로 그 꿈속에서.

'도대체가⋯⋯.'

혼란스러운 마음은 한쪽에 접어두고 몸은 빠르게 움직였다.

처음 상대하는 검법이라 해도 어려울 것이 없는 경지에 오른 홍원이다.

하물며 상대의 검로를 손바닥 보듯 알고 있는 지금이라면.

홍원의 창은 거침없이 움직였다.

사방팔방을 점하며 천선의 무리에 따라 광호산을 향해 날아갔다.

"저것은!!"

그런 홍원의 창법을 보는 광명도는 경악했다.

본 적이 있는 무공이었다.

검과 창이라는 차이가 있었지만 분명 자신이 알고 있는 무공이다.

홍원이 그분의 진전을 이었다면, 아무리 마을 최고수인 광호산이라 하더라도 필패다.

부디 홍원이 손속에 사정을 두기를 바랄 뿐이다.

광호산은 전력을 다해 검을 휘둘렀으나, 상대의 창에 갖다 댈 수조차 없었다.

허공을 향해 덧없는 칼질을 하는 느낌이다.

검강을 사용한 의미도 없었다. 상대와 부딪히지 못하는 바, 아무리 강맹한 수단인들 무슨 소용이 있을까.

상대의 창은 착실히 자신을 갉아먹고 있었다.

이미 온몸이 상처 투성이다.

창강이 자신의 몸 구석구석을 핥고 지나갔다. 광호산은 이미 혈인이 되어 있었다.

"이만 끝내도록 하지요."

홍원이 무심히 말했다. 그사이 그의 분노도 상당히 가라앉아 있었다.

백광이 네 줄기로 쪼개져 광호산을 향해 날아갔다.

정확한 찌르기는 광호산의 양쪽 팔꿈치와 무릎을 뚫었다.

아니, 뚫는 것처럼 보였으나, 뚫지는 않았다.

"크악."

극심한 고통과 함께 광호산은 쓰러졌다.

검을 쥘 수도 없었고 서 있을 수도 없었다.

그저 사지를 격렬하게 떨 뿐이다.

창강에 꿰뚫렸다면 사지가 끊어졌을 공격이다. 하지만 마지막에 공격을 거두었기에 상처만으로 끝이 났다.

그래도 몇 달은 요양해야 할 상처다.

"손속에 사정을 두어 고맙네. 장 공자."

광명도가 한 발 앞으로 나서며 말했다.

그러나 홍원의 눈에 어린 분노는 완전히 사라지지 않았다.

나머지 네 무사가 재빨리 광호산을 돌봤으나, 상처가 굉장히 깊었다.

일단 상처 주변 혈을 짚어 지혈을 시도했으나 창강이 할퀴고 지나간 상처들은 그 정도로 지혈이 되지 않았다.

자신들의 의복을 찢어 급히 상처들을 동여맸다.

"호산 장로를 마을로 옮겨 치료를 해도 되겠는가?"

광명도가 그 모습에 홍원을 보며 물었다. 죽이려 했다면 진즉에 죽일 수 있었고, 불구로 만들려 했다면 사지를 끊을 수 있었다.

그럼에도 저리 했다는 것은 치료를 하더라도 상관 않겠다는 그의 뜻이라는 생각에 광명도가 홍원에게 물은 것이다.

홍원은 가만히 고개를 끄덕였다.

그 모습에 무사들은 광호산을 들쳐 업고 빠르게 마을로 달렸다. 널브러져 쓰러진 무사 여섯은 조금씩 회복하고 있었으나 아직 마음대로 움직일 수 있을 정도는 아니었다.

"내 명예를 걸고 말하겠네. 자네 선친에게는 자네가 당한 것과 같은 일은 없었네. 자네 선친을 가장 먼저 발견한 사람은 나였으니까. 그때 내가 무사들을 이끌고 있었네."

광호산이 떠나는 모습을 바라보던 광명도가 다시 홍원을 마주하며 말했다.

그의 두 눈은 맑았으며 단호했다. 홍원은 가만히 고개를 끄덕였다.

"그렇다면 저 장로라는 분의 말씀은 무엇입니까?"

"아직 혈기를 다스리지 못하는 부족한 이의 도발이라 생각하게나. 내 다시 한번 사과하겠네."

광명도가 허리까지 숙이며 사과를 했다.

그 모습에 홍원도 남아 있던 분노를 마저 내려놓았다.

"알겠습니다."

그러나 홍원은 자신이 행한 일에 대해 사과하지 않았다. 자신은 사과할 일을 하지 않았다는 생각에서다.

"예서 이럴 것이 아니라, 마을로 가도록 하지. 자네와는 할 이야기가 많은 듯하니."

촌장의 제안에 홍원은 종현을 들쳐 업고는 그 뒤를 따랐다.

홍원 역시 촌장과 나눌 이야기가 많았다.

분명 촌장은 자신의 무공을 알고 있었다. 광호산과 싸우는 중에 촌장이 자신의 무공을 보고 놀라던 기색을 똑똑히 보았다.

천천히 걸어갔다.

그랬기에 마을에 당도했을 때는 이미 소식이 전해졌는지, 마을은 긴장감으로 가득 차 있었다.

"됐다. 큰일이 아니니 모두 자기 일로 돌아가거라."

촌장인 광명도가 직접 내린 명령에 삼삼오오 사람들이 흩어졌지만 긴장감이 완전히 사라진 것은 아니다.

홍원은 그 모든 것을 느낄 수 있었다.

광명도가 안내한 마을 한쪽 빈집의 방에 종현을 눕혀두었다. 종현은 아직 정신을 못 차리고 있었다. 홍원은 자신의 진기로 종현의 내부를 부드럽게 어루만진 후 수혈을 짚었다.

푹 자고 일어나면, 개운하리라.

그 후 홍원은 촌장을 따라 그의 집으로 향했다.

거기서 두 사람은 꽤 긴 대화를 나누었고, 서로에 대해 많은 것들을 알 수 있었다.

"허어, 자네가 설마 어르신의 제자라니… 이거 우리가 크나큰 잘못을 저질렀군. 정말 미안하네."

홍원이 사부님의 이야기를 하자 광명도는 다시 한번 허리를 깊이 숙이며 사과했다.

"어르신은 우리 목이문의 큰 은인이시네. 그분의 제자라면 자네는 사실 이곳을 드나드는 데 아무런 문제가 없지."

사연은 간단했다.

십오 년 전 향산 이곳저곳을 둘러보시던 사부가 목이문의 당시 문주의 무공의 벽을 넘게 도와주었다는 것이다.

그 덕분에 현재 태상문주의 자리에 있는, 그는 목이문 사상 최고의 경지에 올랐다고 했다. 무공에 목숨을 거는 무림인들이니, 그 정도의 도움이면 가히 은인이라 할 만했다.

태상문주가 새로운 경지에 든 덕분에 목이문의 무공도 개량이 되어 더 강해졌다 했다. 어쩌면 은인이라는 말로도 부족할 것이다.

'어쩌면 상로를 얻는 것이 불가능하지는 않겠어.'

사부님께서 만들어둔 인연이지만, 유일한 제자인 자신이 조금 그 인연의 도움을 받아도 되지 않을까 그런 생각이 든 것이다.

광명도는 홍원이 왜 이곳으로 왔는지 알게 되었다.

전후 사정을 모두 들은 그는 그것이 그 아이 때문임을 짐작할 수 있었다.

'그래서 그런 등짐을 가지고 온 것이로구나.'

광명도는 갈등했다.

과연 자신이 알고 있는 진실을 말해야 할 것인가.

숨길 수 없었다.

그 아이와 마을의 연은 이미 끊어졌다. 자신만이 부질없이 아쉬워하며 그 연에 매달리고 있을 뿐이다.

홍원은 마을의 은인의 제자이자, 옛 친구의 아들이다. 그리고 자신들은 처음부터 홍원에게 큰 잘못을 저질렀다.

광명도는 그 아이에 대한 이야기를 할 수밖에 없었다.

아주 옛날 일부터.

결국 철우로 인해 시작된 일이다.

아니, 정확히는 홍원의 아버지, 장무양이 철우에게 길을 보는 법을 알리면서 시작된 일이다.

이 얽혀 있는 실타래 같은 일의 시작이 홍원의 지인과도 연관이 있었기에 광명도는 처음부터 천천히 이야기를 시작했다. 그러는 것에는 그의 작은 바람도 섞여 있었다.

홍원은 담담히 그 이야기를 모두 들었다.

철우가 이곳에 오면서 먹은 그 열매. 이미 철우에게 들어서 알고 있었다.

그 열매의 원 주인의 분노.

마을에서는 더 이상 어떻게 해줄 수가 없었다.

촌장인 광명도가 모든 것이 순리라며 행한 일. 그의 분노를 광명도가 올곧이 모두 받아들였다.

광명도가 그렇게 철우를 숨기고, 일을 처리하지 않았다면 어쩌면 철우는 그때 그에게 죽었을 지도 모른다.

광명도에게 분노하고, 또 다른 천신목의 가지를 내려주지 않은 목이문에 분노하고, 마을에 분노하고, 일족에 분노한 끝에 자신의 혈통에 분노한 그.

스스로 귀를 자르고 떠났던 그.

일족을 떠나려면 일족의 무공을 폐하라는 명을 거부한 채 숲을 벗어난 그.

그의 무공을 폐하려는 일족의 무사들과의 싸움.

그렇게 일족과 원수가 되어서 떠난 그.

그 모든 이야기를 담담히 들었다.

광명도는 말을 하면서도 꿈에도 모를 것이다.

홍원이 이미 그를 만난 적이 있다는 것을.

오 년 동안 한솥밥을 먹었다는 것을.

'송림. 이런 사연이 있었단 말이지.'

문득 그의 귀가 떠올랐다. 커다란 흉터와 함께 기이한 모양이었던 귀.

"자네의 이야기를 들어보니, 그 아이 송후가 철우를 만난 모양이군. 하지만 송후는 철우를 몰라. 내가 그렇게 조치를 해서. 그랬기에 철우가 무사했던 게지. 송후가 철우가 그 사람이라는 것을 알았다면, 절대 살려주지 않았겠지."

홍원은 가만히 고개를 끄덕였다.

촌장이 무슨 의도로 저 이야기를 하는지 알 수 있었다. 그러나 그 말이 사실이기도 했기에 딱히 반박하지는 않았다.

무슨 의도로 그랬는지 모르나, 어쨌든 송림은 종현과 철우 그리고 그 일행을 살려주었다.

쫓기는 중의 림주였다면 반드시 죽였을 일을.

"송후는 숲의 숨겨진 길에 들어갈 수 없네. 그러니 순수히 남면을 가로질러 서쪽으로 가고 있을 테지. 그 아이가 떠난 날부터 셈해보면 아마 지금쯤 서면 중간에 있을 게야."

광명도가 홍원을 지그시 바라보았다.

모든 것을 말해 주었다. 이제는 어떻게 할 것이냐.

눈으로 그렇게 묻고 있었다.

"산의 길로 가면 금세 따라잡을 수도 있겠군요."

"길만 안다면 그렇지."

산의 길도 복잡하게 사방으로 뻗어 있다. 그중에 송림이 간 길과 만나는 곳을 찾아야 한다.

남면이 초행인 홍원에게는 불가능한 일이다.

"어디로 간다 하던가요?"

홍원이 물었다.

"서쪽으로 간다 했네. 그 이상은 말하지 않더군."

'천화국일테지.'

이미 종현에게 마지막으로 송림에게 들은 전음의 내용에 대해 전해 들었다.

천화국이라 했다.

지금 자신들도 천화국으로 가고 있다.

어쩌면 천화국에서 만날지도 모를 일이다.

광명도는 조심스러운 눈으로 생각에 잠긴 홍원을 바라보았다. 마른침을 꿀꺽 삼키고는 조심스레 입을 열었다.

"그 아이를. 한 번만 살려주게나. 태상문주께서 문과 일족과의 연을 완전히 끊은 아이이네만… 그래도 사사로이는 내 종손(從孫)이라네. 난 도무지 그 연을 끊을 수가 없네. 조카 녀석은 칼같이 자른 모양이네만."

그의 얼굴에는 안타까움이 가득했다.

홍원은 생각했다. 과연 저 부탁을 들어줄 수 있을까.

"모르겠습니다. 확답을 드릴 수가 없군요. 그를 만날 일이 생긴다면, 그때 다시 생각해 봐야겠습니다."

"그렇구만… 알겠네. 자네의 뜻을 내가 뭐라 할 수 없는 일이지."

초탈한 듯 대답하는 광명도였으나, 가슴 한쪽으로 안도의 한숨을 내쉬었다.

홍원은 만날 일이 생긴다면 생각을 해보겠다고 했다.

즉, 일부러 송후 그 아이를 쫓지는 않겠다는 대답이지 않은가.

부디 송후가 홍원과 마주치지 않기를 바랄 뿐이다.

"촌장님!!"

그때 다급히 촌장을 찾는 소리가 밖에서 들렸다.

＊　　　　＊　　　　＊

"무슨 일이냐?"

"본문에서 사람이 찾아왔습니다."

돌아온 대답에 광명도는 잠시 홍원을 바라보았다.

"자네가 숲의 길에 들어섰을 때 연락을 취했는데, 그 때문인가 보군.

숲의 길에 드나들 수 있는 사람의 출현은 목이문 본문에서도 큰일이었다.

그 확인을 위해 사람을 보낸 것이다.

"이곳으로 모셔라."

곧 한 사람이 광명도와 홍원이 있는 방으로 들어왔다. 그 사람을 확인한 광명도는 깜짝 놀라며 그를 맞았다.

"제평진 장로님! 어찌 장로님께서 이곳까지 오셨습니까?"

"반갑네. 광 촌장. 자네가 보낸 소식이 어디 보통 소식인가. 일단 내가 먼저 상황 파악을 위해 온 것이네."

홍원은 앉은 그대로 담담히 두 사람을 바라보았다. 곧 제평진과 눈이 마주쳤다.

"이자는 누구인가?"

"이 사람이 그 사람입니다."

제평진은 금세 광명도의 말을 이해했고, 얼굴 가득 경악이 차올랐다.

"장홍원이라 합니다."

홍원이 자리에서 일어나 간단한 인사를 건넸다.

"어찌된 일인가?"

제평진의 물음은 광명도에게로 향했다.

결국 광명도는 처음부터 이야기를 다시 시작했다. 이곳에서 홍원과의 대화를 통해 알게 될 사실 중 일부도 이야기했다.

이야기를 듣는 내내 제평진의 표정은 시시각각 다양하게 변했다.

모든 이야기를 듣고 나서도 여전히 믿기지 않는다는 얼굴로 홍원을 바라보고 있었다.

"자네가 어르신의 제자라니. 결코 우리 목이문과 남이 아니군. 큰 은인이 다시 왔어. 오늘 있었던 불미스러운 일에 대해서는 나도 사과함세."

제평진의 얼굴에서 진심이 느껴졌다. 사부에 대한 존경심과
자신에 대한 미안함이 가득했다.

그 모습에 홍원은 사부에 대한 존경심이 더욱 커졌다. 그리
고 자신이 사부의 제자라는 사실에 대한 자부심도 더욱 커졌
다.

"이제 괜찮습니다."

많은 것을 알게 되었다. 그리고 자신은 이곳의 길이 필요한
터, 더 이상 아까의 일에 연연할 필요는 없었다.

"아니야, 아니지. 문의 큰 은인이 왔는데 이곳에서 이럴 것이
아니야. 내 본문에 기별을 해둘 터이니, 나와 함께 본문으로 가
지 않겠나?"

갑작스러운 제안이다.

외부인이 목이문 본문까지 간 것은 홍원의 사부가 처음이자
마지막이었다.

남면 곳곳에 퍼져 있는 목이문 제자들의 마을은 목이문 본
문으로의 접근을 막기 위한 방어 지역의 역할을 하고 있었다.

제평진의 제안에 광명도는 고개를 끄덕였다. 그 역시 같은
생각이었다.

─제 장로님의 말씀대로 하게나. 상행을 위해 이곳에 왔다면,
결국 자네도 길이 필요할 터. 이번 한 번이 아닌 지속적으로 이
용할 수 있는 길을 얻기 위해서는 본문의 허락이 필요하다네.

고민하는 홍원은 전음으로 전해진 광명도의 조언에 작게 고

개를 끄덕였다.

그는 이미 홍원의 고민과 생각을 어느 정도 짐작하고 있었다. 그가 짐작했다면 제평진 역시 마찬가지일 터.

생각보다 일이 쉽게 풀릴 것 같았다.

"알겠습니다."

홍원의 대답에 제평진은 기꺼운 듯 크게 웃었다. 당장에라도 출발하자고 하는 것을 광명도가 말렸다. 종현을 생각한 것이다.

결국 제평진은 본문에 기별만을 보내고, 출발은 내일 이른 아침에 하기로 했다.

그렇게 바빴던 하루가 끝나가고 있었다.

다음 날.

종현은 얼떨떨한 얼굴로 홍원의 옆에서 걷고 있었다. 숲에서 쓰러졌다가 정신을 차렸더니 갑자기 어딘가 가야 한다면서 이른 아침부터 움직였다.

푹 자고 일어난 것처럼 몸이 개운했기에 가뿐히 따라나서기는 했지만 뭐가 뭔지 도통 알 수가 없었다.

무언가 굉장히 궁금한 것이 많았는데 홍원이 입을 꾹 다물고 있으니 종현은 그저 옆에서 따라 걸을 뿐이다. 앞장선 노인의 분위기에 압도되어 쉬이 입을 열 수도 없었다.

그렇게 그들은 한나절을 걸어 산 봉우리에 거대한 나무가 보이는 산중턱에 도착했다.

그곳에 자리한 커다란 장원.

목이문이라 적힌 현판.

종현은 모든 것이 신기했다.

자신의 눈에 보이는 거대한 장원부터 시작해서 저 꼭대기에 있는 나무 같지 않은 거대한 나무까지.

남면이라는 곳은 향산에 있으나 인간 세상이 아닌 걸까라는 의문까지 떠올랐다.

정문을 지나 안으로 들어가자 많은 이들이 도열해 그들을 기다리고 있었다.

뭐가 뭔지도 모를 일들이 휙휙 지나갔다.

그리고 종현이 정신을 차렸을 때는 호화로운 방에서 홍원과 단둘이 짐을 내려놓고 있었다.

"뭐냐?"

얼빠진 목소리로 종현이 홍원에게 물었다.

"겪은 대로다."

"난 내가 뭘 겪었는지 모르겠어. 분명 장원의 문 앞에 선 것까지는 기억이 나는데, 정신을 차리니까 이곳이야."

종현의 대답에 홍원은 피식 웃었다.

"그래서 어찌 큰 상인이 되려는 거냐? 겨우 이 정도에 정신을 놓으면 영 그른 것 같은데."

"나도 오늘 일을 겪고 고민 중이야. 내가 이런 줄 나도 몰랐어. 이 남면이란 곳은 내가 몰랐던 나를 너무 많이 가르쳐 주는 것 같네. 후우."

진심일까 농담일까.

홍원의 농에 종현은 진지한 얼굴로 답했다. 홍원은 다시 한 번 실소를 흘릴 수밖에 없었다.

"대강 설명해 주마."

같은 이야기를 몇 번을 하고 몇 번을 듣는 걸까.

그래도 종현에게는 모든 이야기를 하지는 않았다. 적당히 각색을 해서, 현재 상황을 받아들일 수 있을 만큼만 이야기했다.

이미 자신의 실력 일부를 본 터다. 전부 숨기지는 않았다.

"대단하시구나. 어르신."

종현은 순수하게 감탄했다.

"그러니까 그 무시무시한 검을 든 사람과 싸우려고 네가 무공을 펼치려 할 때, 그 무공이 어르신의 무공인 걸 알고 싸움이 멈췄다 이거지?"

홍원은 가만히 고개를 끄덕였다.

"그런데 내가 왜 쓰러진 거지? 네가 기합을 지르고 내가 정신을 잃은 거 같은데?"

순수한 의문이다.

"네가 좀 허약한가 보지. 이번에 돌아가거든 보약 좀 지어 먹어라."

홍원이 슬며시 종현의 시선을 피하며 말했다. 종현은 여전히 고개를 갸웃거렸다.

홍원은 그런 친구에게 차마 자신이 기절시켰다 할 수 없었기에 계속해서 종현의 기력만 탓했다.

잠시 후 홍원은 자신을 찾아온 이를 따라가서 목이문의 문주와 태상문주를 만날 수 있었다.

종현은 홀로 방에서 기다렸다.

"반갑네!"

태상문주가 홍원에게 다가와 양손을 굳게 잡았다.

그를 바라보는 홍원은 놀란 눈으로 그를 바라보았다.

기억에 있는 얼굴이다.

자신을 죽이기 위해 미친 듯이 검을 휘둘렀던 인물이다. 그의 검을 상대하며 봤던 검로였다.

광호산 장로의 검로는 바로 이 태상문주의 검로와 같았다.

"나는 목이문의 태상문주 목형욱이네. 정말 반가워."

"나는 현재 문주인 목나격이라 하네. 이렇게 만나게 되어 반갑네."

두 사람의 인사와 함께 많은 이야기가 오고 갔다.

사부의 등선 이야기를 했을 때 둘은 진심으로 슬퍼했다.

"허어. 어르신의 그 모습이 내 생에 마지막 모습이 될 줄이야. 안타깝고도 안타깝구나."

목형욱의 두 눈이 붉게 물들었다.

홍원은 알 수가 없었다.

자신이 왜 이런 이와 적이 되어 싸웠을까.

이 사람은 왜 황궁의 입구를 막고 있었을까.

아니, 그전에 자신이 왜 황궁으로 단신으로 쳐들어 갔을까.

그 꿈은 무슨 개꿈인가.

하지만 꿈에서 봤던 검법을 봤고, 꿈에서 봤던 사람을 만났다.

'개꿈이 아닐지도⋯⋯.'

그 덕에 홍원은 두 사람과의 대화에 집중할 수 없었다.

"허면 아버님. 사람을 중원으로 내보내는 일은 그만둬야 하겠군요."

문주 목나격의 말에 목형욱은 고개를 끄덕였다.

"어르신을 다시 모시기 위해 사람을 내보내려 했던 것이니 그만둬야지. 어르신께서 등선을 하셨으니. 이렇게 자네가 어르신의 소식을 전해준 것만 해도 우리는 얼마나 고마운지 모른다네."

목형욱의 말에 홍원은 다시 정신을 차렸다. 사부의 이야기가 나오는데 얼빠져 있을 수는 없었다.

"사부님을 찾으려 하셨습니까?"

홍원의 물음에 둘은 동시에 고개를 끄덕였다. 두 사람의 얼굴은 어두웠다.

"반년쯤 전부터 본문에 좀 안 좋은 일이 생겨서, 어르신께 도움을 구할까 하고 있던 참이었지."

"그게 무슨 일인지 여쭈어도 될까요?"

"우리 문의 수호목이 점점 말라가고 있다네."

돌아온 대답에 홍원은 이곳에 도착하여 본 커다란 나무를 떠올렸다.

"자네도 보았을 거네. 우리 문과 일족은 천신목이라 부르지.

그 나무의 영기를 받아들여 숲의 길에 드나들지. 또한 우리가 익히는 무공이 대성하려면 그 영기가 반드시 필요하기도 하네. 우리 문을 유지하기 위해 반드시 필요한 것이지."

그런데 그런 나무가 말라가고 있다고 했다. 그렇다면 분명 영기도 줄고 있을 터다.

"사부님께서 등선하지 않으셨어도, 무슨 수가 있었을까요?"

무공에 대한 문제가 아니라면, 사부께서 큰 도움이 안 될 것 같다는 생각이 들었다.

목형욱은 고개를 저었다.

"어르신께서는 신선이나 다름 없는 분이셨네. 어쩌면 무슨 방법을 찾아주셨을지도 몰라."

그는 걱정 가득한 얼굴로 말했다.

'영기라……'

홍원은 영기라는 기운에 생각이 미쳤다.

나무에서 나오는 영기라니. 북면의 영기와는 또 다른 기운 같았다. 어떤 기운인지 확인을 해봐야 할 것 같았다.

"외람되지만, 제가 천신목을 좀 살펴봐도 되겠습니까?"

홍원의 말에 두 사람은 서로를 마주 보았다.

생각지도 못한 제안을 해온 탓이다.

둘은 전음으로 잠시 대화를 나누었다. 홍원이 아무리 어르신의 제자라 하나 과연 목이문 최고의 금지에 들여도 되는가 하는 문제다.

어르신이었다면 고민할 이유가 없다. 하지만 그 제자는 다르다.

일단 홍원에게 문제를 해결할 능력이 있을 것 같지가 않았다. 홍원이 해결할 수 있을 정도의 문제였다면, 자신들이 사람을 중원으로 내보내려 하지도 않았을 것이다.

중원에 나가지 않는다는 것은 자신들의 암묵적인 금기나 다름없었다.

─밑져야 본전 아니겠습니까? 그리고 저 아이가 천신목을 본다 해서 특별히 해가 될 것 같지는 않습니다.

목나격의 말에 목형욱은 잠시 더 고민을 했다. 그리고 곧 결론을 내렸다. 지푸라기라도 잡는 심정이었다.

"알겠네. 내 직접 안내하도록 하지. 오늘은 푹 쉬고 내일 함께 가세나."

그 후 몇 가지 소소한 이야기를 더 나눈 후 홍원은 자신의 처소로 돌아왔다.

홀로 방을 지키던 종현이 무수한 질문을 던졌지만, 쉬이 대답해 줄 만할 것이 없었다. 홍원은 대강 얼버무릴 수밖에 없었다.

"후우. 그럼 우린 천화국으로 언제 가는 거냐?"

"내일은 어려울 것 같고, 그다음 날쯤에는 출발할 수 있지 않을까 한다."

일정이 예상치 못하게 늦어지고 있었다.

"뭐, 지난번 생각하면 이건 다행이지. 무슨 일이 생긴 건 아니니까. 조금 늦는 거야, 뭐."

종현은 애써 좋은 쪽으로 생각했다. 어제부터 정신없는 일 투성이다.

무사하다는 사실에 만족하기로 한 듯하다.

"뭐, 내일 일이 어찌 되느냐에 따라 좋은 일이 있을 수도 있고."

홍원의 중얼거림에 종현의 두 눈이 빛났다. 그는 금세 그 의미를 유추할 수 있었다.

"나는 내일도 여기에 있어야겠지?"

홍원이 고개를 끄덕였다.

종현이 홍원에게 다가가 그 손을 굳게 잡았다.

"내일. 잘해라."

너무나도 진지한 얼굴이다. 그 모습에 홍원은 피식 웃었다.

친구들을 만난 후 웃음이 많아졌다.

좋은 일이다.

"알았다."

"어허. 그렇게 실실 웃으면서 대충 말하지 말고. 진짜 잘해야 한다."

홍원의 어깨를 강하게 두드린 후 종현은 자신의 침상으로 향했다.

"벌써 눕냐?"

"이상하게 몸이 노곤하네. 가뿐한데 노곤해. 이게 뭔지를 모르겠어. 이상해."

홍원이 내력으로 종현의 내부를 다스려 준 효과다. 몸이 새로운 상태에 적응하려는 과정에서 나타나는 노곤함이다.

제대로 적응하려면 아직 사흘 정도는 필요하니 그때까지 이곳에서 쉬다 가는 것도 좋을 것 같았다.

다탁에 앉은 홍원은 생각이 많았다.

광명도 촌장의 조언으로 이곳까지 왔지만, 문주와 태상문주는 상로에 대한 말은 일체 하지 않았다.

자신이 아무리 은인의 제자라도 쉬이 길을 열어주지 않을 것 같았다.

광명도가 자신에게 느끼는 감정과는 다른 듯했다.

아니면 천신목의 문제가 너무 큰 문제라 길을 열어줄 수 없는 것일 수도 있었다.

그래서 천신목이 보고 싶다 했다.

깨달음 이후 향산의 기운을 읽을 수 있게 되었다.

그렇다면 천신목의 기운도 볼 수 있지 않을까. 그러면 영기가 쇠하고 천신목이 마르고 있는 이유도 알 수 있지 않을까 그리 생각하였다.

'어쩌면 산인 어르신이라면 쉬이 해결하실 수도.'

생각의 생각을 파고들자 그 끝이 산인에게 도달했다.

'일단 내가 먼저 도전해 보고. 정 안 되면 산인 어른께 부탁드려 봐야지.'

홍원은 그렇게 생각을 정리했다.

천신목으로 가는 길은 길이되 길이 아니었다.

보통 사람은 절대 갈 수 없는 길이다. 목이문의 사람이라도 몇몇을 제외하고는 갈 수 없는 길이었다.

산의 길로만 천신목에 갈 수 있다 했다.

한데 그 길 입구조차 목이문에서 펼쳐놓은 진법으로 뒤틀려 있었다.

기운을 읽을 수 있는 홍원에게는 의미 없는 진법이었다. 그러나 아무 내색하지 않고 홍원은 그저 묵묵히 목형욱의 뒤를 따랐다.

천신목을 향해 가는 그의 얼굴이 어두웠기에 쉬이 말을 걸 수 없었다.

"천신목의 기운이 쇠하기 시작한 것은 사실 십여 년 전부터였네. 그 때문에 각 마을에 쉬이 가지를 줄 수가 없었어. 아주 조금씩 쇠하고 있었지만, 혹여 가지라고 잘라내면 더 빠르게 기운이 쇠할까 무서웠지."

묵묵히 걸음을 옮기던 목형욱이 무슨 생각에서인지 지난 이야기를 시작했다.

"광이족 마을에서 예상치 못한 일이 생겼다는 이야기는 들었으나 어쩔 수 없었어. 이미 그때 천신목의 영기가 조금씩 줄어들기 시작한 때이니까. 사실 그때 이후 어느 마을에도 가지를 주지 못했지."

목이문은 모두 일곱 마을을 거느리고 있었다. 그중 마지막 가지의 열매를 철우가 먹어버린 것이다.

'철우 너 생각보다 대형 사고 쳤구나.'

홍원의 입가에 쓴웃음이 걸렸다.

"하나 그렇다고 본문을 부정하고, 일족을 부정하는 건 아니 될 일이었네."

송림에 대한 이야기 같았다.

"그래도 영기가 아주 조금씩 쇠할 뿐, 아무런 이상이 없던 천신목이 갑자기 마르기 시작했네. 반년 전부터. 무성하던 잎도 떨어지기 시작했다. 가지들이 말라서는 부러지고, 줄기도 말라갔지. 몸통의 껍질로 마르고 썩어서 떨어지기 시작했네. 그건 이틀 전부터군. 매일같이 천신목을 보고 오는데 날이 갈수록 상황이 심각해져 가고 있네."

그 말이 끝날 때쯤.

홍원은 천신목을 마주할 수 있었다.

사람을 압도하는 거대한 존재감을 가진 거대하고도 위대한 나무가 눈앞에 굳게 서 있었다.

＊　　　　＊　　　　＊

"엄청나군요……."

홍원은 천신목에 압도당했다.

그 한마디를 한 후 그저 멍하니 천신목을 바라볼 뿐이다.

목형욱은 그런 홍원의 반응이 당연하다는 듯 가만히 그를 바라보았다. 제정신을 차리려면 시간이 좀 걸릴 것이다. 목형욱의 시선은 다시 천신목으로 향했다.

곳곳에 말라가는 가지와 줄기, 몸통의 껍질이 눈에 들어온다. 목형욱은 마치 제 몸이 그리 된 것과 같은 아픔을 느꼈다.

"기운이 쇠한 것이 이 정도라니 정말 놀랍습니다."

홍원의 목소리에 목형욱의 눈에 이채가 어렸다. 그의 예상보다 훨씬 빨리 제정신을 회복한 것이다.

"괜히 우리의 수호목이 아닌 게야, 천신목은. 대대로 이런 일이 없었는데, 내 대에 이런 일이 일어나 선조들을 뵐 면목이 없어."

홍원의 눈에도 보였다.

목형욱이 그리도 걱정하는 부분들이.

홍원은 곧 주변을 살폈다. 향산의 기운을 읽기 위함이다.

과연 천신목으로부터 사방으로 신기한 기운이 뿜어져 가고 있었다. 이것이 목이문 사람들이 영기라 부르는 기운일 터다.

'목령기(木靈氣)라는 것인가.'

산인은 말했다. 산의 길은 북면 용린골의 산혈과 영혈에서 솟아오른 기운이 만들어낸 것이라고.

이곳 또한 산의 길이라면 분명 북면에서 뻗어 나오는 그 기운이 있을 것이다.

홍원이 사방을 찬찬히 살폈다. 특히 북쪽을 살폈다.

북면에서 시작된 기운이 향산의 중심을 지나 이곳 남면으로 올 테니까.

과연 눈에 보이는 것이 있었다.

각기 세 줄기의 기운이 이곳으로 오고 있었다.

'산의 정기와 땅의 영기는 그렇다치고… 마기까지 오고 있었던가?'

좀 더 높은 곳에서 볼 필요가 있다는 생각이 들었다.

"잠깐 실례하겠습니다."

홍원은 훌쩍 몸을 날렸다. 경공을 펼쳐 천신목의 가지를 밟고는 위로, 위로 올랐다.

"자, 자네!"

깜짝 놀란 목형욱이 제지하려 하였지만 그럴 틈도 없이 홍원이 시야에서 사라졌다. 까마득히 높은 천신목의 꼭대기까지 올라 버린 것이다.

목이문의 사람들은 천신목을 신성하게 여겨 감히 닿지도 못한다. 접붙이기의 의식 때만 조심스레 나무 아래의 가지를 잘라낼 뿐이다.

한데 저렇데 가지를 밟고 나무를 오르다니.

목이문의 사람이 그랬다면 경을 칠 일이다.

하지만 천신목의 목령기가 그대로인 것을 알아차린 목형욱은 더 이상 다른 조치를 취하지 않았다.

천신목이 홍원을 거부하려 하였다면 목령기의 변화가 있었을 것이다. 접붙이기의 의식 때 간혹 천신목이 목령기의 변화로 거부의 의사를 보일 때면 가지를 자르는 사람을 바꾸곤 했었다.

천신목의 꼭대기에 오른 홍원의 눈 아래로 향산의 정경이 펼쳐졌다.

산이라 하지만 단순한 산이 아니다.

산맥이다.

그 중앙에 우뚝 솟은 높은 봉우리가 구름에 가려 아스라이 보인다. 저곳이 향산의 중심이리라. 저 너머가 북면이다.

그곳에서 뻗어 나와 향산 곳곳으로 치달리는 기운이 명확하게 홍원의 눈에 들어왔다.

그리고 남면으로 오고 있는 기운도 뚜렷이 보인다.

남면으로 오는 기운은 여러 갈래로 오고 있지만 모두 이곳 천신목을 향하고 있었다.

아마도 천신목이 산의 정기와 땅의 영기를 흡수한 후 다시 나무의 영기로 배출하는 것 같았다.

한데 이상했다.

아주 가는 한 줄기의 마기가 줄기줄기 이어져 천신목에 당도해 있었다. 정기와 영기에 비하면 너무나 미약하지만 무시할 만한 기운은 아니다.

마기는 정확히 천신목에 닿아 있었다.

그리고 정기와 영기 역시 천신목에 닿아 있었으나 그 기운이 마기보다도 가늘었다.

왜 그런 것일까. 남면으로 향하는 기운은 모두 천신목으로만 향한다.

그렇다면 대해와 같이 굵고도 세찬 기운이 들어와야 할 것인데.

홍원은 내공을 두 눈에 집중했다.

좀 더 자세히 살필 필요가 있었다.

더 집중해서 더 가까이 살폈다. 기운의 흐름을 천신목으로부터 해서 향산의 중심으로 거슬러 올라갔다.

"저건!!"

그때 눈에 띄었다.

거대한 기운의 호수가.

북면에서 시작되어 중심을 지난 기운은 사방으로 뻗치다가 남면으로 향하면서 한 곳에 뭉쳐 굵은 줄기를 형성해서 곧장 천신목으로 향했다. 뭉치는 곳은 그야말로 거대한 정기와 영기의 호수를 이루고 있었다.

하지만 이상했다.

기운의 호수와 천신목이 이어진 기운은 아주 가늘었다. 마기보다도 더 가늘었다.

마치 중간에 무엇엔가 뒤틀린 듯이 그 많은 기운은 서면쪽으로 흘러가고 있었다.

마기는 달랐다.

아주 가느다란 마기 한 줄기가 중심으로부터 가늘게 가늘게 이어져 천신목에 도달해 있었다.

정기와 영기가 뒤틀린 경계에서 마기 역시 뒤틀렸으나 무엇인가가 끌어당기는 듯 휘어져서는 결국 천신목에 도달해 있었다. 그리고 천신목 아래 작은 웅덩이를 이루고 있었다.

'일단 원인은 두 가지로군. 하나는 끊긴 길, 다른 하나는 마기.'

마기가 자연스레 정기와 영기와 함께 넘어온 것이라면 뒤틀린 곳에서 함께 뒤틀렸어야 했다. 하지만 그러지 않았다. 마기만은 마치 무언가가 끌어당기듯이 뒤틀린 곳을 크게 돌아 천신목에 닿아 있다. 무언가 있다는 의미다.

모든 것을 확인한 홍원은 훌쩍 뛰어내려 목형욱 앞에 당도했다.

"천신목의 영기가 쇠하기 시작한 것이 십여 년 전부터라고 하셨지요?"

"그렇네. 목령기가 그때부터 조금씩 쇠하기 시작했지."

홍원은 다시 한번 확인했다.

"그리고 마르기 시작한 것은 반년쯤 전이고요?"

목형욱은 고개를 끄덕였다.

홍원의 얼굴을 보는 그의 두 눈에 기대감이 살짝 어렸다. 무언가 알아낸 듯한 기색이지 않은가.

홍원은 그런 목형욱의 반응에는 아랑곳 않고 홀로 생각에 잠겼다.

'뭐가 먼저일까… 기운이 쇠한 것과 신목이 마른 것. 아무래도 마르기 시작했다는 것이 기운의 손실이 더 컸다는 의미일테니… 아무래도 길의 뒤틀림 때문일 거야. 그렇다면 기운이 쇠하기 시작한 것은 마기 때문이겠군.'

홍원은 천천히 마기의 웅덩이를 향해 다가갔다. 그리고 다시 한번 두 눈에 내공을 집중했다.

웅덩이 속의 마기의 흐름이 보였다. 땅속이었기에 땅 자체를 투시할 능력은 없었다. 하지만 분명 고여 있는 마기는 순수하게 땅에 고인 것이 아니었다. 무언가가 품고 있는 마기다.

"좀 물러서 주십시오. 태상문주님."

홍원이 목형욱에게 외쳤다.

"왜 그러는가?"

목형욱은 물러서기보다는 홍원에게로 다가갔다. 홍원은 그런 것에 상관없이 창에 기운을 집중했다.

새하얀 강기(罡氣)가 창을 감싼다.

홍원은 마기의 중심을 향해 힘껏 창을 내질렀다. 회전력을 더해 내질렀기에 강기는 나선의 와류를 그리며 땅속으로 파고들었다.

"대체 이게 무슨 짓인가!!!"

천신목이 뿌리 내린 땅에 강기를 꽂아 넣다니. 목형욱은 크게 분노하여 자신의 검을 뽑고는 홍원에게 달려들었다. 마침 홍원에게 다가가는 중이었기에 그 움직임은 빛살만큼 빨랐다.

그의 검에는 녹색의 강기가 어려 있었다.

하나 그의 검이 홍원에게 당도하기 전에 변화는 땅에서 먼저 찾아왔다.

강기가 뚫고 내려간 땅이 들썩거리기 시작했다.

그 변화에 대경한 목형욱이 즉시 검을 거두고는 그곳으로 향했다.

홍원이 놀라서 소리쳤다.

"그곳에서 피하십시오!!"

홍원의 두 눈에 똑똑히 보였다. 자신의 공격에 반응하여 위로 솟구쳐 오르고 있는 마기가.

길고 빠른 속도로 위로 향하고 있었다.

그러나 홍원의 경고가 귀에 들어오지 않는지, 목형욱은 강기가 구멍을 낸 땅 위에 서서는 안절부절못하고 있었다.

어쩔 수 없이 홍원이 몸을 날렸다. 그 자리에서 지금 올라오고 있는 마기에 휩쓸리면 목형욱의 안전을 장담할 수 없었다.

홍원이 재빨리 목형욱을 낚아채 뒤로 몸을 날렸다. 온 정신이 구멍에 팔려 있었기에 수월했다.

"네 이놈! 이게 무슨 짓이냐! 어르신의 제자인지라 본문의 최대 금지인 이곳까지 데리고 왔건만, 감히 천신목에 해를 끼치다니!"

홍원에 의해 구멍에서 멀리 떨어진 곳에 당도하자 목형욱은 정신을 차리고 그 분노를 홍원에게 토해냈다.

"그건 잠시만 지켜보시지요."

홍원은 담담한 얼굴로 말했다. 마기가 이게 거의 당도했다.

"뭣이라? 네놈이……."

홍원의 말에 무언가 더 화를 토해내려는 목형욱의 말이 멈췄다.

콰콰콰콰쾅!!!!

강렬한 폭음과 함께 천신목 앞의 땅이 터져 나가면서 검은 무엇인가가 솟아올랐다. 그와 동시에 사방으로 짙은 마기가 뻗어나갔다.

홍원의 눈에 작은 웅덩이로 보였다 하지만 저것이 가진 마기의 양은 엄청났다. 북면에서 만났던 마수들이 품고 있는 것은 하룻강아지의 그것 같았다.

목형욱은 다급히 호신강기를 끌어올렸다.

"저, 저게 대체⋯⋯."

목형욱은 얼빠진 얼굴로 눈앞의 마기의 주인을 바라보았다.

"이무기로군요. 아마 저것이 천신목의 기운이 쇠한 이유 같습니다. 천신목의 기운을 야금야금 갉아 먹으면서 그걸 마기로 쌓은 거지요. 마룡으로 승천하려고 숨어서 말입니다."

홍원의 두 눈에 긴장이 어렸다.

이무기를 처음 보는 것은 아니다. 이미 사부와 천하를 떠돌 때 한 번 본 적이 있었다. 하지만 그때 만난 이무기는 저렇게 사방으로 마기를 풍기는 사악한 녀석이 아니었다.

"허어⋯ 미안하네. 내 잠시 이성을 잃었어."

이무기를 보고야 홍원의 모든 행동이 이해가 되었다.

"아닙니다. 제대로 설명을 드리지 않고 행동한 제 잘못도 있습니다."

홍원은 모든 것을 이해했다. 사실 자신이 경솔한 측면도 있었다. 미리 설명을 할 여유는 충분이 있었으나, 눈앞에 보이는 마기에 손이 먼저 움직인 것이다.

"보통 놈이 아니구만."

목형욱은 두 손으로 검을 굳게 쥐었다. 검에서는 다시 한번 녹색 검강이 세차게 솟아올랐다.

"그렇습니다."

홍원의 얼굴도 딱딱하게 굳었다.

어쩌면 처음으로 전력을 다해야 할지도 몰랐다.

이무기는 광폭한 눈으로 두 사람을 노려보았다. 아직 충분한 기운이 모이지 않았건만, 갑작스러운 공격으로 천신목으로부터 빨아들이던 기운의 길이 끊겨 버렸다.

반년 전부터 가뜩이나 기운이 줄어들었다. 그 덕에 예상한 것보다 승천에 필요한 세월이 훨씬 많이 늘어나 짜증이 나 있던 터였다.

오직 승천에 대한 일념으로 그 화를 참고 있었건만 저 인간이 자신을 제대로 자극했다. 분노를 토할 곳을 찾았다.

북면의 산혈과 영혈에서 나오는 기운은 그 맑음이 너무 농밀하여 마기를 품은 자신이 흡수할 수가 없었다. 하나 승천을 위해서는 마기만이 아니라 영기도 필요했다.

마기를 충분히 모은 후 영기를 얻기 위해 이곳으로 왔다. 천신목이 흡수하였다가 내뱉으며 목령기로 변화된 영기는 자신이 승천하기 위해 필요한 기운의 조건에 딱 들어맞아서 이곳에 자리를 잡았다.

백 년이면 될 것이라 여겼다.

하지만 어쩐 일인지 나무의 영기가 줄었다. 그래서 더욱더 전력을 다해 기운을 쥐어짜내고 있었다. 그래도 세월이 얼마나 걸릴지 알 수 없었다.

"크아아아아아!"

이무기의 거대한 울음이 남면을 뒤흔들었다.

홍원은 그런 울음에 아랑곳 않고 전력을 다해 몸을 날렸다. 반면 목형욱은 잠시 멈칫했다. 울음에 영향을 받은 것이다.

홍원의 전신에서 백색의 기운이 넘실거렸다. 창을 휘두를 때마다 강기가 날아갔다. 이무기의 입이 쩍 벌어지며 마기의 폭풍이 몰아쳤다. 꼬리가 사방으로 움직이며 짓쳐 들었다.

홍원과 이무기의 싸움은 치열했다.

얼굴이 땀으로 가득했고, 몸 여기저기에 상처가 생겼다.

목형욱은 멍하니 그 둘의 싸움을 지켜봤다. 도무지 자신이 끼어들 틈이 없었다.

그가 쥔 검은 어느새 강기가 사라진 채 한쪽에 늘어뜨려져 있었다.

"어르신… 정말 대단한 제자를 남기고 떠나셨군요……."

목형욱은 멍한 눈으로 중얼거렸다.

그는 그렇게 홍원과 이무기의 싸움에 빠져들었다.

"허어. 대체 이게 무슨 조화란 말인가……."

목나격은 걱정 가득한 얼굴로 천신목을 바라보았다. 아버지와 홍원이 오르고 한참 후. 갑자기 천신목 주변으로 뿜어져 나오는 마기와 엄청난 울음.

그리고 연이어 들리는 어마어마한 충돌음.

이미 목이문의 모든 문도가 연무장에 모여 걱정 어린 얼굴로 천신목을 올려다보고 있었다.

거기에는 종현도 있었다.

'홍원아. 대체 이게 무슨 일이냐. 무슨 일이 일어나고 있는 거냐고… 그냥 천화국으로 가는 길이 무엇이 이런 거야……'

종현은 답답하고 답답했다.

하지만 자신이 할 수 있는 것은 아무것도 없었다.

그저 홍원이 무사하기를 빌 뿐.

천신목의 이변을 느낀 것은 목이문 만이 아니었다.

남면 곳곳에 흩어진 목이문도들의 마을.

광이족, 암이족, 화이족, 수이족, 목이족, 금이족, 토이족. 모두 일곱 부족의 열두 마을에서도 느끼고 있었다.

그들 모두 마을 중앙의 광장에 모여 걱정 어린 얼굴로 천신목이 있는 곳을 바라보고 있었다.

모두들 기도하며 천신목을 바라보았다.

그렇게 꼭 하루가 흘렀다.

그럼에도 천신목에서 뿜어져 나오는 마기와 폭음은 가실 줄을 몰랐다.

홍원과 이무기의 싸움은 점점 더 치열해졌다.

홍원의 옷 곳곳은 찢어져 이미 하의만 간신히 가리고 있었다. 창도 부러져서 어느새 맨손으로 싸우고 있었다.

목형욱은 전력으로 검을 휘두르며 자신에게 튀어오는 파편과 같은 기운을 쳐내기에 바빴다.

그것만으로도 목형욱은 기진맥진이 되었는데, 홍원은 아직도 기운을 뿜어내며 이무기와 싸우고 있었다.

둘의 눈은 생생하게 살아 있었다.

그와는 별개로 홍원과 이무기, 이무기와 홍원 모두 호흡이 거칠어져 있었다.

홍원의 두 눈에는 보였다. 상당한 양의 마기가 줄어들어 있음을. 아니, 이제 거의 소진되었음을.

승천을 위해 모아둔 기운을 소모하면서 싸우고 있다. 시간이 갈수록 이무기가 약해지고 있었다.

내공의 소모로 시간이 갈수록 지쳐가는 것은 홍원도 마찬가지였다.

그러나 알 수 있었다.

자신이 이길 것임을. 이무기의 기운을 정확하게 파악할 수 있기에 내린 판단이다.

"이 징글징글한 녀석. 이제 그만 끝내자."

이미 하루를 싸웠다.

슬슬 끝을 내야 한다. 홍원은 전신의 내공을 다시 한번 세차게 끌어 올렸다. 양손으로 기운이 집중된다. 호신강기가 온몸을 둘러쌌다.

홍원의 몸이 한 줄기 백색 강기로 화해 이무기를 향해 날아갔다.

이무기도 직감했다.

이것이 마지막임을.

원통하고도 원통했다. 어찌 자신의 승천을 방해한 놈이 이리도 강하단 말인가.

어쩔 수 없었다. 일단 살아야 했다. 세월을 보내며 다시 기운을 쌓으면 된다.

마기야, 용린골의 마혈을 찾으면 된다. 그리고 다시 이곳으로 와서 목령기를 먹으면 된다.

그러려면 일단 저놈을 죽이고 이곳을 떠나야 한다.

이무기는 자신의 몸 속, 마기의 근원인 모든 힘을 뽑아 올렸다.

그 근원이 슬슬 움직인다. 이윽고 파괴적인 기운을 흩뿌리며 몸 밖을 향해 치달렸다.

"카아아악!"

이무기가 입을 쩍 벌렸다.

칠흑같이 새까만 마기의 근원, 이무기의 내단이 홍원을 향해 날아갔다.

흑과 백, 백과 흑의 충돌!

쿠아아아아앙! 콰콰콰콰콰콰쾅!!

거대한 폭음이 천지를 울린다.

하늘이 떨고 땅이 흔들렸다.

천신목도 충돌의 여파에 세차게 흔들렸다.

천신목의 잎이 우수수 떨어졌다.

그 와중에 두 기운의 충돌은 끝나지 않았다.

백과 흑은 강렬한 힘의 줄다리기를 계속하고 있었다.

홍원의 전신의 혈관이 부풀어 올랐다. 입과 코에서는 쉼 없이 피가 흐른다. 귀에서도 피가 흐르기 시작했다.

홍원은 이를 악물었다.

단전에서 뽑아 올릴 수 있는 기운은 최대한 뽑아 올렸다.

가진 바 모든 힘을 다했다.

이무기가 내단을 쐈았다면, 이미 본체는 그 힘을 다했을 터.
이것만 이겨내면 된다.

"으아아아악!"

홍원의 커다란 외침과 함께 온몸에서 백색 광체가 다시 한
번 터진다.

그리고 검은 기운을 압도했다.

내단은 터져 나가며 사방으로 검은 기운을 흩뿌렸고, 백색
광체는 그대로 내단을 꿰뚫고는 이무기의 목을 잘랐다.

쿵.

이무기의 목은 요란한 소리를 내며 땅에 떨어졌다.

"후아……."

땅으로 내려선 홍원은 거친 숨을 몰아쉬었다.

"장 공자! 자네 정말!!"

목형욱은 그 광경을 똑똑히 지켜보았다.

놀라고도 놀라서 홍원에게 달려왔으나 홍원은 그에게 답해
줄 여력이 없었다.

이무기의 상태를 확인할 것도 없이 바로 가부좌를 틀고 앉
아 조식에 들어섰다.

온몸의 기운이 날뛰고 있었다.

한계를 넘어서서 내공을 쥐어짜 이무기와 싸운 후유증이다.
남아 있는 내공이 혈맥을 날뛰며 폭주하고 있다.

위험했다.

싸움에서 이겼으나, 양패구상할 위기다.

홍원은 기운을 다스리기 위해 운공에 들어갔다.

홍원에게 다가오던 목형욱은 그 모습에 제자리에 멈춰 섰다. 지금 홍원의 행동이 무엇을 의미하는지 알 수 있었다.

목형욱은 곁에 가만히 서서 홍원을 지켜보았다. 혹시 모를 외부의 위협을 막기 위해 호법을 섰다.

홍원은 천선심법을 펼치며 내력을 다스리기 시작했다. 그렇게 천천히, 그리고 깊고 깊게, 홍원은 천선심법에 빠져들기 시작했다.

第五章

다시 온 손님

굵은 빗줄기가 지붕을 두드린다.

추운 겨울에 때 아닌 비가 내리고 있다. 요 며칠 날이 좀 포근하다 싶더니 이렇다.

"겨울비도 운치가 있군."

창가에 서서 비 내리는 풍경을 바라보는 우문기영의 얼굴은 그 말과는 달리 무표정했다.

홀로 창가에 서 있다.

그는 무수한 계획을 머릿속에 떠올렸다가 지웠다.

"이번에는 그 괴물을 무슨 수를 써서든 막아야 한다."

이름도 모르는 자다.

북해에서 오랜 세월 수련을 했다는 것, 그리고 어느 날부터 천선문의 지부들을 공격하며 결국은 황궁마저 박살 냈다는 것.

그것이 우문기영이 괴물에 관해 알고 있는 전부다.

그래서 북해에서 종적을 놓친 이후 어떻게 할 방법을 찾지 못하고 있었다.

그의 얼굴.

흉신악살과도 같았던 그 얼굴.

똑똑히 기억한다. 그런데 기억을 해낼 수가 없다.

머릿속에 그때 당시의 참상이 너무나 생생한데, 분노로 얼룩져 있던 그 사나운 얼굴이 당장에라도 자신을 잡으러 올 것 같은데, 용모파기를 그리려 하면 아무것도 떠오르지가 않았다.

흉신악살 같은 도깨비 하나가 잔인한 미소를 띠며 자신을 마주할 뿐이다.

그래서 얼굴로도 찾을 수가 없었다.

거기에 뒤틀림마저 일어났다.

어찌된 연유인지 알 수 없으나, 회복될 리 없는 사람이 회복되어 버렸다.

겨울비의 운치와는 달리 심사가 복잡할 수밖에 없다.

"이번이 마지막 기회다. 술법을 다시 펼치려면 최소한 백 년은 기운을 모아야 해. 어찌 보면 내가 너무 성급히 술법을 마무리 지었는지도 모를 일이야."

마지막으로 순천의 술법을 펼쳤을 때로 돌아와서 될 일이 아니었다. 더 이전으로 갔어야 했다.

하지만 그때는 경황이 없었다. 그저 전력을 다해 역천의 술법을 펼쳐야 한다는 생각밖에 없었고, 기운을 너무 빨리 소모해 술법을 빨리 끝내 버렸다.

당시에는 북해를 뒤지면 충분할 것이라 여겼는데, 북해에 괴물은 없었다.

그때부터 꼬이기 시작했다.

"놈이 누구인지, 놈이 왜 우리와 싸우는지도 모른 채 놈을 막아야 하니… 어렵고도 어렵구나."

우문기영의 얼굴에 어두운 그림자가 어렸다.

그의 시선이 서쪽 하늘을 향했다.

"일단 조력자들을 모아야 한다. 당시에는 놈에게 힘없이 당했지만, 일찍부터 모아서 준비한다면 어쩌면……."

우문기영은 기이한 귀 장식을 한 일족을 떠올리며 중얼거렸다. 이무기로 인해 터전이 풍비박산이 났던 일족.

향산 남면을 천년의 금지로 만들었던 그들이 이무기 한 마리를 감당하지 못하고 남면을 떠났었다.

천선문에서 그들을 받아들였었다.

"생각보다 상당히 쓸모 있는 이들이었지. 특히나 목형욱 그 자는 굉장히 강했어. 이무기와의 투쟁 때문이라고 했었는데… 아직은 이무기가 숨어 있을 때이니. 지금 그와 접촉해서 도와준다면, 어쩌면 더 강해질 수 있을지도 모르겠어."

그래도 그 괴물과 검을 맞대기라도 했던 인물이다. 잠시지만 걸음을 붙잡기도 했었다.

그를 좀 더 빨리 만나 이무기에 대해 알려주고 대비하게 한
다. 그 후 천선문으로 회유하여 준비한다면, 어쩌면 그 괴물을
상대할 수도 있지 않을까?

그런 생각이 우문기영의 머릿속에 떠올랐다.

"한데, 남면에서 그를 어찌 찾는다……."

지난 생에서 그들은 이무기에게 처절한 패배 끝에 터전을 버
리고 중원으로 패주한 터다. 그랬기에, 그들이 남면 어디에 있
는지 알 수가 없다.

"결국은 남면을 전부 뒤져야 한다는 것인데……."

방법은 하나밖에 없었다.

우문기영은 은월에게로 사람을 보내야겠다고 생각했다.

이번에는 북해의 때와는 다를 거라 믿으며.

천신목 주변은 끈적한 마기로 가득 차 있었다.

홍원이 터뜨린 이무기의 내단에서 퍼져 나온 마기다. 목형욱
은 내공을 끌어 올려 마기에 저항하며 홍원의 호법을 서고 있
었다.

홍원은 주변에 아랑곳 않고 천선심법 속으로 깊숙이 침잠해
들어갔다.

홍원의 호흡에 따라 주변의 기운이 몸속으로 빨려 들어왔
다. 거기에는 기운의 구분이 없었다. 영기든, 정기든, 마기든 아
무런 상관 않고 우악스럽게 빨아들였다.

그렇게 흡수한 기운은 천선심법의 경로를 따라 홍원의 혈맥

을 치달렸다. 이미 모든 혈이 타통되어 있어, 기운의 치달림에
막힘 따위는 없었다.

무아지경에 빠져 천선심법을 운용하던 홍원은 새로운 세계
에 들어섰다.

만 하루에 걸친 이무기와의 싸움이 머릿속에서 빠르게 지나
갔다. 처음부터 끝까지.

그렇게 그 싸움이 몇 번이고 반복해서 머릿속에서 재생되었
다. 재생이 반복될 때마다, 조금씩 바뀌는 것이 있었다.

병기였다.

처음에는 자신이 싸운 그대로가 보였으나, 반복될수록 달라
졌다. 무공 초식이 달라졌고, 투로가 바뀌었고 병기 역시 달라
졌다.

마지막 반복.

그때 홍원은 처음부터 끝까지 맨손이었다.

굳이 창이 필요가 없었다.

그 순간 홍원의 머릿속에서 커다란 폭발이 일어났다.

'병기에 얽매이고 있었구나……'

쾅! 콰콰쾅!

머릿속의 폭발이 천지를 뒤집는 느낌이었다.

'결국 그 꿈에 집착하고 얽매여 도망치려 한 것이다.'

쾅! 콰콰쾅!

폭발은 지속적으로 일어났다.

'꿈 속의 나도 나고, 지금의 나도 나다. 내가 나를 외면하려

하고 있었어. 그래서 도(刀)를 버리고, 검(劍)을 버리고, 창(槍)에 얽매였다. 천선은 얽매임이 없는 무공임에도. 내가 나에게 얽매여 있었어.'

쾅!

깨달음이 다시 한번 찾아왔다.

눈앞의 벽을 너무나 손쉽게 넘었다.

홍원은 주변의 기운을 더욱더 광폭하게 빨아들였다. 홍원이 태풍의 눈이 되어 주변의 모든 것을 흡인하는 듯했다.

마기의 폭풍이 다시 한번 몰아쳤다.

이전에는 이무기가 뿜어낸 마기의 폭풍이라면, 이번에는 홍원이 빨아들이는 마기의 폭풍이다.

목형욱은 멍하니 그 모습을 지켜보았다. 보고 있으되 믿을 수가 없는 광경이다.

"대체… 저 친구는……"

목소리가 잘게 떨렸다.

천선심법은 홍원의 몸을 모두 회복시키고 절정을 향해 치닫고 있었다.

홍원의 모든 땀구멍에서 검은 진액이 흘러나오기 시작했다. 강렬한 악취가 사방으로 풍긴다.

머리카락이 잘게 끊기더니 바람에 흩날려 사라지고, 피부가 쩍쩍 갈라졌다.

"도대체가……"

목형욱은 그 모든 것을 지켜보고 있었다. 고개를 절레절레 흔들며 몇 발 물러섰다. 자칫 잠시 후 터져 나올 기운에 휘말 릴까 저어해서 한 행동이다.

이윽고 홍원의 몸에서 백광(白光)이 터져 나왔다.

머리카락이 다시 자라났으며 새하얀 피부가 새로이 자리했 다. 손톱과 발톱도 모두 새로 났다.

그 순간.

홍원은 격렬한 쾌감과 희열을 느끼고 있었다.

깨달음의 여파다.

백광과 함께 세찬 기운의 폭풍이 주변을 한차례 휩쓸고 지 나갔다. 목형욱은 내공을 끌어 올려 그 폭풍에 휩쓸리지 않도 록 버텼다.

"허허허. 환골탈태라……."

홍원이 천천히 두 눈을 떴다.

몸 상태는 더없이 완벽했다.

지금 당장 하늘로 날아오를 수도 있을 것만 같은 느낌이다. 온몸에 내공이 충만했다.

이제 자신의 경지가 어느 정도인지 짐작이 안 갈 정도다.

한 가지는 확실했다.

이무기와 다시 한번 싸운다면 완벽히 제압하는데 한 시진이 걸리지 않을 것 같았다.

대기 중에 퍼져 있던, 이무기 내단의 마기를 모두 흡수하여 천선심법으로 정제한 덕에 내공은 마르지 않는 샘처럼 솟아나 고 있다.

기연이다. 큰 기연.

"환골탈태라… 생각보다 기분이 좋군요."

주먹을 몇 번 쥐었다 편 홍원이 목형욱을 바라보며 싱긋 웃었다. 목형욱은 그저 어이없다는 얼굴로 그런 홍원을 쳐다보았다.

'그래서 지난번의 깨달음에서는 변화가 없었던 거야……'

산인을 만나 깨달음을 얻고, 천선의 비급 속에서 다시 한번 깨달음을 얻었을 때.

홍원은 기뻐했었다. 꿈속의 자신과 현재의 자신이 완전히 다른 사람임을 확인하고 기뻐했다.

그것이 집착이었다. 달라야 한다는 집착.

때문에 그때의 깨달음은 불완전했다.

그것을 이제야 알았다. 그때에는 그것이 전부인 줄을 알았건만.

'또 벽이 있구나.'

벽을 깼으나 더 크고 단단한 벽이 눈앞에 보인다.

그 벽을 보는 홍원은 즐거웠다. 다음은 또 어떤 경지로 접어들게 될지 기대가 되었다.

과연 이번 생에 그 벽을 부술 수 있을까란 의문도 있었지만, 새로운 경지에 대한 기대는 가슴을 두근거리게 한다.

"정말 수고했네."

목형욱의 말에 홍원은 상념에서 깨어났다. 주변은 어느새 노을이 지고 있었다.

운기조식에 한나절은 빠져 있었던 것이다.

"지켜주셔서 감사합니다."

홍원은 그가 자신의 호법을 선 것을 알고 있었다.

"아니네. 이곳에 올 사람도 없고, 혹시나 해서 곁에 있었던 것뿐이야. 한데 이무기를 잡았음에도 천신목이 그대로야."

호법을 서는 동안 목형욱은 천신목의 변화를 관찰했다. 천신목이 쇠한 원인인 이무기를 잡았으니 당장 어떤 변화가 있기를 기대했다. 그러나 아무런 변화가 없었다.

그것이 이상해 조식을 마친 홍원에게 물은 것이다.

"그럴 겁니다."

홍원은 담담히 고개를 끄덕였다.

"그게 무슨 뜻인가?"

"최근 천신목이 마르기 시작한 것은 분명 저 녀석 때문인 것 같습니다만… 사실 기운이 쇠한 원인은 따로 있습니다. 이제 그걸 해결하러 가야지요."

"알겠네."

목형욱은 믿음이 가득한 얼굴로 홍원의 대답에 고개를 끄덕였다. 이미 홍원은 행동으로 그에게 믿음을 주었다.

"그나저나 일단 이거라도 걸치게나."

목형욱은 자신의 겉 장포를 홍원에게 건넸다.

이무기와의 치열한 전투로 홍원의 옷은 하의만이 짧게 남아 있었다. 옷이라기엔 민망할 정도로 작게 남아 있었다. 그 모습에 목형욱이 옷을 건넨 것이다.

"아, 감사합니다."

그제야 자신의 몰골을 깨달은 홍원은 목형욱의 장포를 몸에 걸쳤다.

그러고 보니 묘했다.

그런 치열한 싸움이 있었는데, 장포가 너무 멀쩡했다. 목형욱의 복색도 멀쩡했다.

"크음. 흠흠."

홍원의 시선에 담긴 뜻을 알았기에 목형욱은 무안한 듯 헛기침을 뱉었다.

"내 실력으로 끼어들기에는 너무 엄청난 싸움이었어."

변명하듯 한마디 하고는 시선을 돌렸다.

아무려면 어떤가. 이무기는 이미 죽었다.

"그러면 마저 해결하러 가시지요."

홍원은 목형욱과 함께 영기와 정기의 호수로 향했다.

그리 멀지 않은 곳이었기에 금세 도착할 수 있었지만 어느새 주변에는 어둠이 깔리고 있었다.

"이곳에도 그런 괴물이 있는 건가?"

목형욱의 얼굴에는 긴장이 가득했다. 그는 자신의 검을 꽉 쥐고 주변을 샅샅이 둘러보고 있었다.

홍원은 웃으며 머리를 가로 저었다.

"아닙니다. 이곳은 기운이 끊긴 곳입니다. 이곳에서 기운이 끊겨 천신목이 제 기운을 얻지 못했기에 기력이 쇠한 겁니다."

홍원은 영기와 정기의 호수를 보며 말했다.

그 말에 이해할 수 없다는 얼굴로 목형욱이 홍원을 쳐다보았다. 그럴 수밖에 없다. 그 기운은 홍원의 눈에만 보이는 것이니.

하지만 홍원은 더 이상 자세한 설명은 하지 않았다. 굳이 그런 것까지 일일이 설명할 필요는 없다고 생각한 것이다.

'내가 가진 밑천을 전부 알릴 수는 없는 노릇이지.'

신기했다.

일 자로 딱 자른 듯 기운의 길이 끊겨 있었다.

인위적으로 누가 자를 수 있는 것은 아니다. 뭔가 뒤틀린 것 같다.

무언가가 변화와 복원을 반복하다가 어느 한 부분만 탁 걸려서, 불완전하게 복원된 듯한 그런 모습이다.

"어떻게 이런 일이 있을 수가 있지?"

홍원의 중얼거림에 목형욱이 의문을 표했지만 홍원은 그의 반응에는 신경 쓰지 않았다.

왜 이런 뒤틀림이 생겼는지 알 수 없었다. 그리고 이 뒤틀림을 제대로 복원할 능력도 홍원에게는 없었다.

'기운의 길을 이어주면 될 일이다.'

하지만 해결책은 있었다.

홍원도 자신이 어째서 그것이 가능한지는 몰랐다. 하지만 할 수 있을 것만 같았다.

조금 전의 깨달음이 홍원에게 알려준 듯하다.

'이무기 녀석에게 여러 가지로 받기만 하는군.'

전부 이무기와의 싸움 덕이다.

자신은 이무기의 생을 거두었는데, 그 덕에 많은 것을 이루었다.

괜히 이무기에게 미안한 마음이 생겼다가 사라졌다.

홍원의 양손이 밝게 빛났다. 홍원의 기운이 만들어낸 강기다.

왼손과 오른손의 강기가 각기 다른 곳으로 날아갔다. 그리고 홍원의 손짓에 따라 천천히 강기가 서로에게 다가갔다.

목형욱은 의아한 얼굴로 그런 홍원을 바라보았다. 전신에 땀을 뻘뻘 흘리는 것이 굉장히 어려운 일을 하는 것 같았는데, 저 행동이 무슨 의미인지 도무지 알 수가 없었다.

'그렇군.'

홍원은 두 기운을 이어 붙이며 깨달았다. 지금 자신이 하는 방법이, 마기가 뒤틀림을 이겨낸 방법이라는 것을.

천신목의 꼭대기에서 기운을 읽을 때 보았던 것이다. 결국 이무기가 뒤틀림을 극복한 방법을 그대로 따라 하고 있는 것이다.

'정말로 미안해지려는데……'

잠시 떠오른 잡념을 떨친 홍원은 다시 한번 자신의 작업에 집중했다.

한 시진에 이른 작업 끝에 뒤틀림을 건너 기운의 길을 모두 이을 수 있었다.

이미 사위는 어둠에 잠겼다.

"후우. 이제 됐습니다. 곧 천신목도 회복되기 시작할 겁니다."

"그, 그런가?"

목형욱이 얼떨떨한 얼굴로 물었다.

도무지 뭐가 뭔지 알 수 없다는 얼굴이다.

그러거나 말거나 홍원은 다시 천신목이 있는 곳으로 걸음을 옮겼다.

두 사람이 다시 천신목에 도착했을 때.

"오! 오오오!"

목형욱은 환희에 차, 계속해서 탄성만 쏟아냈다.

홍원은 그런 그와 천신목을 흐뭇한 얼굴로 지켜보았다.

천신목이 은은하게 빛나고 있었다.

몸통과 줄기와 가지와 잎.

모든 것이 은은한 녹색 빛을 뿌리고 있었다.

홍원의 눈에는 똑똑히 보였다. 천신목을 향해 세차게 들어가는 영기와 정기가.

그 기운들은 천신목 곳곳으로 퍼져 나가며 빛을 발하고 있었다.

천신목이 두 가지 기운으로 가득 찼을 때.

천신목은 사방으로 강렬한 빛을 토해냈다. 남면의 어둠 속에 홀로 고고히 빛났다.

"오오오오!"

"천신목이시여!!!"

"오, 우리의 수호목이여!"

그 모습은 일곱 부족의 열두 마을에서 모두 보였다. 아니, 남면을 벗어나 향산 전체에서 크고 작게 그 빛이 보였다.

마을 사람들은 모두 천신목을 향해 엎드려 절하며 눈물을 흘렸다.

그중에 오직 종현만이 어안이 벙벙한 채로 그 모습을 지켜보고 있었다.

어제와 오늘. 대체 이게 무슨 일인지 혼란스럽기만 하다.

목형욱 역시 눈물을 흘리며 천신목을 향해 엎드렸다.

썩은 가지와 생명이 다한 잎, 말라비틀어진 껍질이 떨어졌다. 그리고 그 자리에 새로운 잎과 가지, 껍질이 자리했다.

천신목은 새로이 생명력이 가득한 기운을 사방으로 뿜어내고 있었다.

기분 좋은 기운이다.

'이것이 제대로 된 목령기로군.'

홍원은 그 기운을 온몸으로 받아들였다.

천신목은 어느새 회복을 마치고는 다시 목령기를 남면으로 흘려 보내기 시작했다.

이제야 이곳에서 해야 할 일을 모두 마쳤다는 생각이 들었다.

*　　　　*　　　　*

"응?"

서면의 끝자락에 이르러, 노숙을 하며 밤을 보낼 준비를 하던 사강도가 시선을 동남쪽으로 향했다.

어둠 한가운데 무언가가 빛나듯 보였기 때문이다.

"저게 뭐지?"

사강도의 물음에 송림의 시선도 그곳으로 향했다.

멀어서 확신할 수는 없었지만, 추측할 수는 있었다.

'천신목이 있는 곳 같은데……'

한데 저곳에서 왜 저런 빛이 일어난단 말인가. 단 한 번도 들은 적이 없는 일이다.

"아무튼 이 향산이라는 곳은 알 수가 없구나."

사강도가 고개를 흔들며 투덜거렸다.

"이곳도 이제 곧 벗어날 거요."

송림의 말에 사강도는 고개를 끄덕였다.

"그래, 어서 벗어나서, 전장부터 찾아서 이 금덩이들부터 전표로 바꾸자. 어깨 부서지겠다."

사강도의 투덜거림에 송림이 어이없다는 듯 말했다.

"아직도 전표 타령이오? 그 좋아하는 전표들을 숭무련에서 모두 막아버린 탓에 우리가 강도질까지 했소만?"

숭무련이 은살림을 척살할 때 가장 먼저 한 행동이 돈줄을 묶는 것이었다.

어떻게 은살림이 다른 명의들로 분산하여 전장에 맡긴 재산들을 파악했는지 알 수는 없었다. 하지만 전장에 맡긴 모든 재산을 묶었다.

전장에 도피 자금을 찾으러 갔던 부하 몇은 그 자리에서 숭무련에 척살되기도 했었다.

그랬기에 은살림주 사강도와 송림은 맨몸으로 도망칠 수밖에 없었다. 그나마 은살림에 있던 현금과 귀중품들은 휘하 살수들 도피 자금으로 모두 나누어주었다.

"우리 같은 도망자들은 그저 현금이요. 이왕이면 천하 어디서든 통하는 금이 최고고."

송림의 면박에 사강도는 돌아누우며 잠을 청했다. 이제 곧 향산을 벗어난다는 사실에 기뻐하며.

그러면서 품을 만지는 사강도의 얼굴은 결연했다.

전표들이 아직 사강도의 품에 있었다. 언제고 중원으로 돌아가 부디 이 전표들을 사용할 수 있기를 바라며 두 눈을 감았다.

"어휴. 춥다. 온몸이 그냥 부들부들 떨리는구나."

홍원과 종현이 읍성을 떠나고 이틀이 지난 날 아침.

진구는 동문에서 근무를 서고 있었다. 하필이면 이 추운 날 이른 아침부터였기에, 턱을 딱딱거리면서 추위에 떨고 있었다.

"그나저나, 이렇게 추운데 그 녀석들은 잘 가고 있나 모르겠네."

이틀밖에 지나지 않았음에도 진구는 그저 친구들 걱정이었다. 그의 시선은 서쪽의 읍성 성벽 너머 향산으로 향해 있었다.

"조장님."

그때 수문병 중 하나가 진구를 불렀다.

"응? 무슨 일이야."

진구가 시선을 돌리자, 병사는 동쪽 먼 곳을 손으로 가리켰다.

"저기 좀 보시죠."

진구의 시선이 그 손끝을 따라 움직였다. 멀리 먼지 구름이 일고 있었다.

"무슨 일이지?"

이렇게 추운 겨울날 아침에 먼지 구름을 일으키며 오는 사람들이라니.

걱정이 앞섰다.

얼마나 빨리 달려오면 저럴까. 그리고 그 규모가 한두 명이 오는 것이 아니다. 최소 열 명 이상으로 보였다.

"제발, 별거 아니어야 할 텐데……."

진구가 불안하게 중얼거리자 수문병 둘은 마른침을 꿀꺽 삼키며 고개를 끄덕였다.

"그래도 일단 준비는 해야지. 너. 어서 들어가서 알리고 만약의 일에 준비하라고 해. 그럴 일이 없길 바란다만."

진구가 가리킨 병사는 군례를 취하고는 서둘러 성문 안으로 달려갔다.

평화로운 일상이 지루하게 지속되는 읍성에서는 이런 일만 해도 별스러운 큰일이었다.

내자불선(來者不善)이라 했던가.

저렇게 요란하게 찾아오는 이들이니, 당연히 혹시나 있을 상황에 대한 대비를 해야 했다.

진구는 창을 꼬나 쥐고 앞으로 나서서 섰다.

조장인 이상 자신이 앞에서 맞아야 했다. 불안하게 눈알을 이리저리 굴리는 수문병 녀석을 보니, 자신이 조장의 역할을 수행해야 했다.

오래지 않아 먼지 구름의 주인들이 당도했다.

모두 열 필의 말이 거친 투레질을 하며 성문 앞에 멈췄다.

말 위의 열 명의 무사 중 한 명이 훌쩍 진구 앞으로 뛰어내렸다.

'젠장. 무림인들이다. 저 사람들이 읍성에 뭐 먹을 게 있다고 이리 몰려온 거야.'

불청객의 정체를 파악한 진구의 얼굴이 딱딱하게 굳었다. 진구 뒤의 후임병의 두 눈은 더욱 빠르게 움직였다.

"이곳이 읍성이 맞습니까?"

"그렇습니다만. 어디서 오신 분들이신지요?"

진구의 물음에 말을 건 무사는 아차 싶은 얼굴로 포권을 취하며 인사를 했다.

"아, 죄송합니다. 급하게 온 터라 실례를 범했습니다. 저는 경천회의 외당 소속 백풍대 중 오(五)조 조장을 맡고 있는 곽휴라고 합니다. 저들은 우리 조의 무사들이고요."

거물이다.

거물이 왔다.

고작 조장이라고는 하나, 무려 경천회의 무사다.

진구 자신도 조장이지만, 곽휴 저치와는 차원이 다른 위치다.

"아, 곽 조장님이군요. 저는 이곳 수문병의 조장을 맡고 있는 추진구라 합니다. 저희 읍성에는 어쩐 일이신지요?"

진구가 조심스레 물었다.

경천회가 어떤 세력인지는 진구도 잘 알고 있었다. 아무리 오지 산골 촌무지렁이라 할지라도 어찌 경천회를 모르겠는가.

'게다가 지난번에 그 경천회의 엄청 높으신 분들 때문에 정신도 없었고.'

진구는 지난번의 방문자를 떠올리며 더욱 긴장했다. 그들은 굉장히 높은 신분의 사람들 같았는데도, 별문제가 없이 읍성에 머물다 갔다.

같은 경천회이니 부디 이들도 그러기를 바라고 바랐다.

"저희 경천회의 작은 소저께서 건강이 안 좋으셨다가 최근에 회복 중이십니다. 이곳 산의 정기가 좋다는 소문을 들으시고 휴양차 오실 겁니다. 저희들은 소저께서 오시기 전에 몇 달 이곳에서 머무르실 수 있게 준비를 하기 위해 왔습니다."

곽휴의 대답에 진구는 한숨이 절로 나왔으나 속으로만 삼켰다.

곽휴는 거물이 아니었다.

거물이 미리 보낸 조무래기였다.

'경천회의 작은 소저라면… 경천회주의 작은 딸이라는 이야기겠지? 젠장. 아프면 그냥 집에서 푹 쉴 것이지, 이 먼 곳까지 휴양은 무슨.'

온갖 욕이 떠올랐지만 절대 내색할 수 없었다.

"아, 그러시군요. 영광입니다. 경천회에까지 우리 읍성의 소문이 났다니 몸둘 바를 모르겠군요."

능청스러운 진구의 대처와 아부에 눈알만 굴리던 수문병의 얼굴에는 조장을 향한 존경이 떠올랐다.

"그러시면, 일단 저희 성주님을 만나 뵙는 게 좋으시겠습니다. 조금 전에 안에 기별을 했으니 병사들이 도착하면 성주님께 안내하도록 조치하겠습니다. 그 전에 말씀하신 신분이 맞으신지 확인을 해도 되겠습니까?"

진구의 요구에 곽휴는 품에서 신분패를 꺼내 보여주었다. 절차대로 모든 확인을 끝낼 때쯤, 앞서 성안으로 들어갔던 수문병이 병사들과 도착했다.

진구는 곽휴 일행을 병사들에게 인계했고, 그들이 모두 사라지고 나서야 깊은 한숨을 내쉬었다.

"후아. 죽는 줄 알았다."

작은 성의 성문 수문병 조장인 진구가 언제 저런 무림인들을 대해봤겠는가.

"조장님. 엄청 멋있었습니다. 저 오늘부터 조장님을 엄청나게 존경할 것 같습니다."

눈알만 굴리던 수문병이 엄지를 치켜들며 감탄한 얼굴로 말했다.

무려 경천회의 무인들 앞에서도 당당했던 진구의 모습이 그에게 큰 감명을 준 듯했다.

"시끄러 임마. 지금 내 다리 사이 물건이 다 쪼그라들어서 있는지 없는지도 모르겠구만."

진구는 투덜거림이 정말인 듯한 손을 바지춤으로 향했다.

"에휴. 무사하네. 종현이 녀석 상행 때 이야기랑 철우 녀석 표행 때 이야기를 많이 들어뒀기에 흉내를 내보긴 했는데… 다행이구만."

종현과 철우는 그들의 일 때문에 종종 무림인들을 만날 기회가 있었다. 그때의 경험 이야기가 그저 안줏거리라고 생각을 했는데, 오늘은 큰 도움이 되었다.

"그래도 대단하십니다."

고급스러운 마차가 관도를 따라서 천천히 나아가고 있었다. 마차 주변으로 열 명의 무사가 호위를 하며 함께 움직이고 있었다.

"할아버지. 그런데 진짜 그렇게 큰 개가 자홍선지초가 든 망태기를 물고 있었어요?"

어여쁜 여자 아이가 두 눈을 빛내며 맞은편에 앉은 노인에게 물었다.

마차는 외부의 찬 기운을 완벽하게 차단해, 추운 겨울임에도 마차 안은 훈훈한 온기가 감돌았다.

"나야 모르지. 그 개를 본 건 갈 호법이니."

자신이 다시 한번 그곳으로 가는 것이 마음에 안 드는 듯한 얼굴의 노인, 호진백이 퉁명스레 대답했다.

"그러니까요. 갈 할아버지는 그 개 이름이 백린이라는 것도 가르쳐 주셨어요. 호 할아버지. 이제 그만 기분 푸세요."

경천회를 나서는 순간부터 계속 저 상태였다.

"허허. 그래 호 장로. 그 읍성이라는 곳에 다시 가는 게 어떻다고 그러나."

호진백의 옆에는 청수한 인상의 노인이 앉아 있었다. 멋들어지게 기른 하얀 수염을 쓰다듬으며 허허롭게 웃고 있었다.

"신의(神醫)께서 그리 말씀하셔도 전 그곳에 그다지 다시 가고 싶지 않습니다."

그곳에서 있었던 몇 가지 일이 떠올랐다.

모든 것이 잘 해결된 지금 생각해 보면 괜히 무안해지는 일이다.

그곳에 다시 가서 그 사냥꾼의 아들을 다시 만날까도 걱정이다. 자신이 얼마나 채신머리 없는 행동을 했던가.

그때야 다급해서 그랬다지만, 경천회의 장로가 사냥꾼을 윽박질렀으니.

더군다나 그 당돌한 꼬마 녀석과 귀여운 여아가 그 사냥꾼의 동생이었다니.

그 집에 갔을 때, 그가 사냥을 떠난 것이 얼마나 다행한 일인지 몰랐다.

그런데 이번에는 어쩌면 그를 다시 봐야 할지도 몰랐다.

"언니가 말한 아이들이 홍산과 홍해라고 했죠?"

소녀 모용혜의 두 눈이 반짝반짝 빛났다.

기대가 가득한 눈이다.

'끄응.'

그런 모용혜의 모습에 호진백은 속으로만 침음을 삼켰다. 그는 다시 홍원이라는 사냥꾼을 볼 면목이 없어서, 그렇게 갈현청에게 같이 가라 했건만.

"난 밀린 업무가 많아서 말이네. 그리고 사실 내가 호법이라지만, 주 업무는 행정 쪽이고, 무공도 그다지 강하지는 않으니 그냥 자네가 가게나."

칼 같은 거절이었다.

갈현청이 호법과 장로들 중 가장 말석의 실력을 지니긴 했다. 하지만 강기를 형성할 수 있는 고수다.

그런 고수가 강하지 않아서 못 가겠다니.

'그리고 무공은 자네나 나나 비슷하지 않나.'

사실 제일 중요한 사실은 이것이다. 호진백의 무공도 말석이었다.

그런 둘이 북면에 자홍선지초를 찾으러 왔던 것은 어디까지나 갈현청이 정보를 얻은 당사자였기 때문이다.

경천회에서도 그 일에 기대를 걸지를 않았기에 혹시나 하고 사람을 보냈던 것이고, 북면에 대한 정보도 거의 없었다.

'누군가가 의도적으로 북면이란 곳에 대한 정보를 차단한 것 같기도 하고.'

중원의 소문과 갈현청에게 들은 북면의 실체가 달라도 너무 달라 호진백은 문득 그런 생각을 했다.

"명후야. 호 장로가 저러니 우리는 너만 믿는다."

신의라 불린 노인이 모용혜의 곁에 앉아 있는 문명후를 보며 말했다.

이들 중 읍성을 다녀온 이는 이들 둘이 전부였다.

"네. 알겠습니다. 하지만 워낙 작은 곳이라… 별다른 일은 없을 겁니다."

문명후가 호진백의 눈치를 보며 말했다.

읍성은 그에게도 그다지 다시 가고 싶은 곳은 아니었다. 사매인 모용연은 달랐겠지만.

사실 모용혜에게 바람을 넣은 것은 모용연이었다.

모험 이야기를 해준다면서, 향산을 다녀온 이야기를 해준 것인데, 모용혜가 그 이야기에 완전히 흠뻑 빠져 버린 것이다.

'모험은 무슨… 철 없는 꼬맹이 울린 거랑, 꼬맹이 아비 두드려 팬 거밖에 없으면서……'

문명후는 그리 생각해도 어쩔 수가 없었다.

귀엽고도 귀여운 막내 사매가 건강을 회복하자마자 가장 먼저 하고 싶은 것이 읍성 휴양이었으니.

아직 완전히 회복된 것이 아니었음에도 모용혜의 고집에 결국 경천회주가 패했다. 그래서 모용혜를 치료한 청수신의(淸手神醫)가 함께 읍성으로 가고 있는 것이다.

"그런데 언니는 언제 와요?"

모용연은 함께 출발하지 못했다. 처리하던 업무를 끝내지 못한 탓이다.

"글쎄다. 하루나 이틀 늦게 출발한다고 했으니… 아마도 읍성에 도착하기 전에는 합류할 거다. 그 녀석 성격에 전력으로 말을 달려 따라올 테니까."

모용혜의 몸 상태를 생각해서 마차는 천천히 움직이고 있었다.

"언니도 빨리 왔으면 좋겠다. 히잉."

모용혜의 투정에 문명후는 짐짓 딴청을 피웠다.

"그나저나 백린이 그 녀석이 향산에 있다라… 또 그곳에서는 뭘 얼마나 먹으려고 그러누."

청수신의 맹여립은 자신이 알고 있는 하얀 강아지를 떠올리며 기분 좋게 웃었다.

*　　　*　　　*

홍원과 종현은 나란히 걷고 있었다. 여전히 산의 길을 통해 가고 있다.

목이문을 떠난 지도 벌써 하루가 흘렀다.

종현은 아직도 지난 경험이 믿기지 않는 듯, 손에 들린 장식을 만지작거렸다.

종현이 그 난리통을 겪고 여전히 얼떨떨해할 때, 홍원이 목형욱과 함께 돌아왔다. 그리고 홍원은 하루를 꼬박 잤다.

홍원이 깬 후 다시 홍원과 함께 목형욱과 목나격을 만났을 때, 그들의 태도는 공손하기 이를 데 없었다.

천신목에 대한 이야기를 하느라 못다 한 이야기도 마저 나

넜다.

남면을 통과하는 상행 이야기는 순조롭게 흘러갔다.

목나격은 그 자리에서 자신의 양쪽 귀에 있는 장식을 빼서 줬다.

"목이문 문주 대대로 내려오는 장식입니다. 제가 문주가 되기 전에는 아버님께서 사용하셨지요. 천신목으로 만든 겁니다. 우리 목이문의 신물이니 이것을 지니시면 남면을 통행하시는 데 아무 문제 없을 겁니다."

목나격의 말에 종현은 놀라서 그를 쳐다보았다. 장식이 없는 빈 귀의 허한 모습이 쓸쓸해 보이기도 했다.

"천신목이 회복한 이상 제 귀의 장식은 새로 만들면 됩니다. 그리고 그 장식이 다시 문주 대대로 전해지겠지요."

종현의 시선에 목나격이 웃으며 말했다.

"정말 감사합니다."

홍원의 진심 어린 인사에 목형욱과 목나격은 손사래를 쳤다.

"장 공자는 우리 목이문의 은인 중의 은인이십니다. 그런 예는 거두어주십시오. 그리고 단주님도 은인의 친구이시니, 그 장식을 가지고 오시는 한 남면에서는 불편함이 없도록 돕겠습니다."

장식은 홍원과 종현이 하나씩 나누어 가졌다.

홍원이 가진 장식에는 목형욱이 무언가의 표식을 더해주었다.

하루 전의 일을 떠올린 종현은 고개를 절레절레 저었다.

"넌 대체 누구냐?"

"네 친구."

돌아온 대답에 종현은 헛웃음을 흘렸다.

"시치미는……."

"이제 천화국 상로는 제대로 확보했네. 상단 잘되겠다."

"고맙다. 전부 정체를 알 수 없는 네 덕이다."

두 사람은 그리고 묵묵히 걸었다.

얼마나 말 없이 걸었을까.

종현의 입이 열렸다.

"나한테 섭섭했지?"

뜬금 없는 물음이다. 하나 홍원은 그 의미를 안다는 듯 고개를 가로 저었다.

"전혀."

"가족들이 그리 사는데, 어찌 섭섭하지 않을 수가 있어?"

종현은 네 친구들 중 형편이 제일 나았다. 홍원의 가족을 도와줄 여력이 충분한 친구였다.

하지만 홍원이 돌아왔을 때의 모습을 보면, 종현의 도움은 없었던 것만 같았다.

종현은 그 모습에 친구가 자신에게 많이 섭섭했을 거라 여겼다. 그런데도, 그런 내색을 하지 않는 친구가 너무 고마웠다.

은자 스무 냥.

많다면 많은 돈이지만, 홍원이 집을 떠난 세월을 생각하면 적다고 할 수 있는 돈이다.

그 세월 동안 겨우 그 정도의 도움만 준 자신이 야속하기도 하리라.

"다 들었다. 어머니께. 집에 돌아온 첫날 저녁 다 들었어."

홍원이 담담히 말했다.

"아버지 장례 치른 후로 너희들 도움은 다 거절하셨다고. 장례 도와준 것만 해도 너무 큰 도움인데, 아무리 내 친구라지만 더 이상 폐를 끼칠 순 없다 하셨어."

홍원의 말에 종현의 코끝이 시큰해졌다.

"그나마 가끔 어머니 약이라도 해드린 건 너희였다며. 그것도 계속 거절하시는 통에 힘들었다며. 진구한테도 들었다."

"미안하다."

"아버지나 어머니나. 너무 꼿꼿하게 사신 분들이야. 지금도 그리 지내시고 계시니… 너희 덕에 그나마 내가 올 때까지 어머니께서 기다리실 수 있었을 거라고. 그리 생각한다."

"고맙다."

"내가 고맙지."

두 사람은 다시 말 없이 걸었다.

천화국까지의 여정은 별다른 일이 없었다.

읍성에서 향산을 지나 천화국으로 가는 길의 최대 난관은 남면의 목이문이다. 그곳을 지나니, 그 이후의 여정은 지루할 정도로 평온했다.

천화국에서의 여정도 이렇다 할 것이 없었다. 언제 배운 것인지 종현은 천화국의 언어도 능숙하게 사용했기에 불편한 것도 없었다.

천화국에서 홍원은 아무것도 할 수가 없었다. 말을 알아들을 수도, 할 수도 없었으니 그저 종현의 뒤를 따를 뿐이다.

두 사람은 천화국에서도 남부를 향해 이동했다.

자갈타 섬과 가장 가까운 항구도시.

이타라.

이곳이 천화국에서 자갈타 섬 다음으로 향신료가 싼 곳이었다.

"자갈타 섬으로 가지 않고?"

"여기만 해도 충분히 이윤이 남는다. 괜히 바다로 나서는 위험은 무릅쓸 이유가 없지."

"바다보다 남면이 더 위험한 것 같다만?"

홍원의 핀잔에 종현은 머쓱하게 웃었다.

보통의 상인에게는 그 말이 맞았으니까.

이타라의 항구에 도착했다. 수많은 배들이 짐을 싣고 내리고 있었다. 어떤 배는 사람을 가득 싣고 막 출발하고 있는 참이다.

홍원이 그 정경을 눈에 담았다.

"응?"

홍원의 시선이 지금 막 항구를 떠난 배에 멈췄다.

익숙한 기운이 둘 느껴졌다.

사강도와 송림이다.

그중 송림이 무엇인가를 느낀 것일까?

홍원과 두 눈이 마주쳤다.

하나 홍원을 알아보지는 못했다. 그들을 만날 때는 항상 얼굴을 가리거나 변장을 한 채였으니까.

그들도 자신의 진면목은 알지 못한다.

"왜?"

종현이 홍원을 돌아보았다.

홍원이 한 발 움직여 종현의 앞을 가렸다. 혹시라도 송림이 종현을 발견하지 못하도록.

자신과 시선을 마주치지 않았으면 모르되, 자신을 봤다. 주변을 둘러보다가 종현을 발견할 수도 있는 일이다.

"그냥. 사람들이 신기해서."

"촌놈 표 내는 거냐?"

종현의 물음에 홍원이 어이가 없다는 얼굴로 말했다.

"천하를 돌아다닌 건 내가 훨씬 많을 것 같다만?"

"실속이 있어야지. 실속이."

종현은 지지 않았다.

홍원은 종현과의 대화를 그만두고 그사이 더 멀어진 배로 시선을 돌렸다.

이제 송림의 모습은 보이지 않았다.

'이번에는 여기까지인가 보군. 아직 당신들을 어떻게 할지 결정을 내리지 못해, 이렇게 보내준다만… 다음에는 어떨지.'

그사이 거래 상대를 찾아 바삐 발을 놀린 종현의 뒤를 쫓아 홍원은 몸을 돌렸다.

"음……."

갑판에 서서 항구 쪽을 바라보며 침음성을 흘리는 송림. 은살림주 사강도는 그런 송림의 반응에 고개를 갸웃거리며 물었다.

"갑자기 왜 그래?"

이제야 안심할 수 있는 곳으로 떠나는 배에 올랐고 배는 출항했다.

그런데 저런 어둡고 심각한 얼굴이라니.

"천화국에도 굉장한 사람이 있군요."

송림의 말에 사강도의 시선이 다시 항구로 향했다. 그러나 송림이 누구를 가리키는 건지 알 수 없었다.

"혹시나 숭무련에서 보낸 추적자가 아닌가 했지만… 아닌 모양이네요. 다행히도."

"얼마나 대단하길래?"

송림이 저리도 긴장하는 것을 오랜만이기에 사강도는 호기심에 물었다.

"죽림을 처음 봤을 때 받은 충격보다도 훨씬 크다면 믿을 수 있겠소, 림주?"

돌아온 대답에 사강도는 입을 쩍 벌렸다.

죽림만 해도 괴물 중의 괴물인데, 죽림보다도 강할지도 모른다니.

"우리를 찾아온 게 아닌 게 천만 다행이구나. 어서 들어가자. 괜히 이곳에 있지 말고."

사강도는 송림을 선실로 끌고 갔다.

"그러고 보니, 죽림 그 녀석은 어디서 뭐 하고 살고 있으려나?"

절대 죽을 것 같지 않은 녀석이었기에 당연히 살아 있지 싶었다.

한데 뭘 하고 있는지는 살짝 궁금해지는 참이다.

*   *   *

조용하던 읍성이 시끌시끌 번잡하다.

어느 날 아침, 읍성을 찾은 열 명의 무림인으로부터 비롯된 소란이다.

아니, 그들은 조용히 움직이려 하였으나 그들이 성주를 만난 순간부터 소란이 시작되었다. 성주가 나서서 움직였기 때문이다.

무림인들이 극구 사양하고, 조용히 일을 하려 해서 이 정도이지, 그렇지 않았다면 난리도 아니었을 것이다.

당장, 성주가 가장 먼저 내린 명령이 귀인이 동쪽에서 오시니 동쪽 성벽 돌 하나하나가 반짝이며 빛날 때까지 닦으라는 것이었으니.

"미친."

진구는 그 명령이 처음 전해졌을 때를 떠올리자 절로 욕이 나왔다.

그 명령이 실제로 이루어졌으면, 줄에 매달려 하루 종일 성벽을 닦을 사람들은 자신을 포함한 병사들이었을 테니까.

곽휴가 그 명령을 내리는 자리에 있어서, 당장에 말렸기에 그 일이 실제로 벌어지지는 않았다.

"그러고 보면, 경천회라는 곳 무림 집단치고는 제법 괜찮은 곳인지도 모르겠어……."

성문 옆 한쪽에 마련한 화톳불을 쬐며 진구가 중얼거렸다.

요 며칠 읍성은 시끌시끌 했으나 사람들의 일상이 바뀐 것은 없었다.

그저 조용하던 읍성에 별일이 생겼기에 호기심에 시끌거리는 것뿐이다.

성주가 자신의 권한을 넘어서는 권력을 휘두르려 하면, 곽휴가 그걸 전부 막았다.

자신들은 이곳 주민들에게 피해를 끼치러 온 것도 아니며, 성주가 하려는 행동이 법과 절차에 어긋나는 것 아니냐며 그런 일은 용납할 수 없다고 하면서.

"그런데 얼마나 지체 높으신 분이 오시길래, 곽 조장이라는 분이 하는 말에 그 재수 없는 관 성주가 벌벌 떨까요?"

수문병 하나가 물었다. 그러면서 근무 위치에서 한 발 움직여서 은근히 화톳불 쪽으로 움직였다.

그 모습에 진구가 피식 웃었다.

주변을 두리번거리며 살피더니 입을 열었다.

"둘 다 좀 더 이쪽으로 와. 이 추운 날, 거기서 있는다고 경계가 더 잘되는 거 아니고, 이쪽으로 두세 발짝 더 와 있는다고 막을 수 있는 거 못 막는 것도 아니니까."

진구의 말에 두 수문병은 얼굴에 화색을 띠며 살짝 움직였다.

조금 전보다 등이 좀 더 따뜻해지는 것이 몸에 온기가 조금 더 도는 것 같다.

"뭐, 경천회면 무림 사대 세력 중의 한 곳이라고 하니까. 그곳 대장은 황실에서 왕으로도 인정해 줬다 하니⋯ 마음먹으면 우리 성주 모가지 날리는 것도 가능할 테니 저러는 것일 테지."

진구의 대답에 두 수문병의 얼굴에 감탄이 어렸다.

무림인 구경이 정말로 희귀한 이곳 읍성에서는 무림이라는 곳은 그저 신선들 산다는 선계만큼이나 신비로운 곳이었다. 당연히 그곳에 대한 지식이 전무했기에, 뭔가 아는 듯한 진구의 모습이 대단해 보인 것이다.

'어제 철우 녀석이랑 한잔하면서 물어보길 잘했네.'

그런 수문병들의 반응에 진구는 어깨를 으쓱했다.

곽휴는 준비를 순조롭게 하고 있었다.

성주가 너무 일을 크게 만들려고 해서, 그를 자중시키는 것이 가장 힘든 일일 정도였다.

'대소저께서는 대체 지난번에 무슨 일을 벌이셨길래, 소저 존함에 성주가 저런 반응인지 원.'

모용연의 성정이야 경천회에서도 유명한지라, 이곳에서 뭔가 일을 벌이기는 한 것 같았다. 하지만 성주의 반응은 너무 지나쳤다.

절로 호기심이 일었지만, 자신 같은 말단 조장이랑은 상관없는 일이다. 자신의 일이 조금 피곤해지려 해서 나온 불평 일뿐.

작은 성이었기에 적당한 집을 구하는 것이 좀 어렵지 않을까 했지만, 성주 덕에 구했다.

그 와중에 관사 한 곳을 내주려 해서, 그것을 말리느라 진땀을 빼기도 했다.

관사는 황제가 임명한 관리가 타지에 와서 근무할 때 지내라고 있는 집이다. 권력 있는 이들이 휴양하는데 쓰라고 만든 집이 아닌 것이다.

긍지 높은 경천회의 무인으로서, 그런 일은 할 수 없었다. 윗분들 역시, 관사를 거처할 곳으로 삼는다는 것을 알면 제일 먼저 자신을 족칠 것이다.

관사를 거부당하자, 그 다음에는 토지 대장을 담당하는 관리를 붙여준다는 성주 때문에 곽휴는 난감하기 이를 데 없었다.

결국 곽휴가 가장 노력한 것은 관 성주에게 자신들의 입장을 잘 설명하고, 자신들이 행할 수 있는 방법을 이해시키는 것이었다.

그는 제대로 이해하는 것 같지는 않았지만, 어쨌든 곽휴가 바라는 방법으로 도움을 주었다.

솜씨 좋은 거간꾼을 소개해 준 것이다.

그 덕에 괜찮은 집을 괜찮게 빌릴 수 있었다. 그래도 그간 성주의 행동에 혹시나 해서 집주인에게 거간꾼이 제시한 금액보다 더 많은 금액을 약속했다. 거간꾼에게도 거간비를 더 쳐주었다.

집 청소도 깨끗이 했고, 지내면서 필요한 집기들도 모두 채워넣었다.

자신들이 모르는 부분들은 시비들이 와서 마저 하면 될 것이다.

"에휴. 끝이구나."

곽휴가 기지개를 켜며 시원하다는 듯 말했다.

휘하 무사들 얼굴에도 곽휴의 심정과 같은 감정이 떠올라 있었다.

"조장님. 저기 향산이라는 곳이 제법 괜찮다는데, 한번 간단히 사냥이라도 다녀오는 게 어떻겠습니까?"

무사 하나가 몸이 근질거린다는 듯 물었다.

그의 물음에 곽휴는 문득 사도평의 당부가 떠올랐다.

"읍성 가거든 절대 향산에는 자네들끼리 오르지 말게나. 꼭 길잡이를 구하여 움직일 것이며, 길잡이의 말을 천금같이 여기며 들어. 특히나 북면에는 절대 가서는 안 되네."

두 번, 세 번 당부한 말이다.

아니, 그 말을 할 때의 눈빛을 보면 어쩌면 협박 같기도 했다.

대공자가 대체 향산에서 어떤 경험을 했길래 그러는 것일까.

궁금했다.

출발하는 날. 갈현청 호법이 잠깐 들러 자신에게 당부했다. 대공자와 같은 내용이었다.

그 말을 할 때의 갈 호법의 모습은 청검이라는 그의 별호가 무색할 정도로 무서운 모습이었다.

"안 돼."

짧고 강한 대답이다.

"여기 이쪽은 이곳 사냥꾼들이나 약초꾼도 종종 다닌다고 합니다. 아래쪽은 아이들도 놀이 삼아 가고요."

"길잡이가 없으면 안 된다. 그게 대공자님과 갈 호법님 명령 이었어."

당부였지만, 명령이나 다름없는 말이었다.

저렇게 단호한 금지의 답이 돌아올지 몰랐는지 무사는 당황 했다.

그 모습에 곽휴는 이상함을 느꼈다.

"왜 그래?"

"저, 그게……."

무사는 우물쭈물 대답을 망설였다.

"빨리 말해."

"저, 일평과 종기 녀석이 마을 꼬맹이 둘과 함께 향산으로 갔 습니다."

당연히 허락이 떨어질 것이라 생각하고, 먼저 떠난 이들이 있었던 것이다.

조일평과 하종기.

이 둘은 친화력이 워낙에 좋은 이들이라 성내 주민과 좋은 관계를 만들기 위해 데리고 온 무사들이다. 그런데 그 역할을 너무 과하게 해낸 것이다.

"꼬맹이 둘?"

"왜, 거 있잖습니까. 검고 흰, 큰 개 타고 다니는 여자애랑, 그 옆에 같이 다니는 그 애 오라비라는 남자애요."

기억에 있다.

워낙 특이한 모습이라 인상이 강했다.

"언제?"

"한 시진쯤 됐습니다. 금방 다녀온다고 하고 갔으니 별일은 없을 겁니다."

그럴 것이다. 아이들과 함께 갔으니.

하지만 무단행동임에는 분명했다. 아무래도 부하들이 너무 평화로운 곳에 와서 기강이 좀 해이해진 것 같았다.

"오늘 밤에 각오들 해라."

곽휴의 짧은 말에 두 동료의 꼬임에 괜한 건의를 했던 종대보의 얼굴이 무참히 일그러졌다.

*　　　　*　　　　*

긴 여정이었다.

중원의 동남쪽의 중심에서, 서남쪽 끝 변방까지 곧장 왔으니 얼마나 긴 여정인지.

하지만 태어나서 처음으로 경천회가 위치한 동남성도를 벗어나 여행을 했기에 모든 것이 신기하고 즐거웠다.

"혜아야. 이제 곧 도착이다. 저녁은 읍성에서 먹겠구나."

어느새 겨울의 끝자락이 다가오고 있었다.

해가 제법 길어졌기에, 해가 지기 전에 읍성에 도착할 수 있을 듯했다. 다행한 일이다.

"언니. 읍성에도 성현성의 세연객잔 같은 곳이 있어요? 거기 참 맛있었는데."

열흘 전 쯤 합류한 모용연은 동생의 질문에 기억을 더듬어 봤지만, 그렇게 맛있는 객잔은 없었던 것 같다.

"음. 아쉽게도, 그런 곳은 없었어."

"아……."

모용혜의 입에서 안타까움 가득한 소리가 흘러나왔다. 모용연은 동생의 그런 반응에 미소 띤 얼굴로 말을 이었다.

"하지만, 무척 따뜻한 음식은 있지."

"네?"

모용혜가 알 수 없다는 얼굴로 고개를 갸웃거렸다.

대부분의 음식이 따뜻하니까. 특히나 지금은 추운 겨울이라, 거의 모든 음식을 따뜻하게 먹으니까.

동생의 그런 반응에도 모용연은 말없이 웃을 뿐이다.

그때 먹었던 소박하지만 정말로 따스했던 식사를 떠올리면서 말이다.

조용한 길이기에 읍성에 도착할 때까지 별다른 일은 없었다.

동문 앞에 곽휴가 마중을 나와 기다리고 있었다.

"부대주님을 뵙습니다."

마차와 무사들이 시야에 들어오자 곽휴가 재빨리 달려갔다.

"그래. 곽 조장. 먼저 와서 수고가 많았어."

곽휴가 소속된 백풍대의 부대주인 남명소가 곽휴를 반가이 맞았다.

일행이 일행인지라 백풍대의 부대주인 그가 직접 사 조와 오 조를 이끌고 수행 중이었다. 오 조는 먼저 읍성으로 보냈기에 지금은 사 조와만 함께 움직인 것이다.

곽휴는 곧 마차로 다가갔다.

"이 공자님과 대소저, 작은 소저를 뵙습니다. 장로님께도 인사 드립니다."

"고생이 많았다."

호진백이 대표로 인사를 받았다.

청수신의 맹여립은 기분 좋은 얼굴로 읍성 너머의 향산을 바라보았다.

'그래, 저곳에 백린이 그 녀석이 있단 말이지.'

성문을 통과하는 데는 아무 문제가 없었다. 곽휴의 안내로 일행은 그가 마련한 거처로 향했다.

읍성 중심에서 살짝 서쪽으로 간 마을이었다. 읍성에서 제법 부유한 이들이 모여 사는 곳이었다.

"좋군요. 곽 조장께서 정말 수고하셨어요."

모용연의 칭찬에 곽휴는 만면에 떠오르는 웃음을 억지로 참 았다. 자신의 고생을 알아주는 대소저가 정말로 고마웠다.

성주의 마차보다도 훨씬 고급스러워 보이는 마차의 등장에 읍성은 금세 소란스러워졌다.

무슨 일인지 구경하러 나오는 사람들과 아이들이 거처 주변 에 괜히 어슬렁거렸다.

무사들은 그런 분위기에 아무런 영향을 받지 않은 듯 무표 정한 얼굴로 짐 정리를 진행했다. 마차의 짐칸에는 제법 많은 짐이 실려 있었다.

모용연과 모용혜도 자신들이 정리해야 할 물건들을 정리했 다. 두 사람이 함께 쓸 방은 아담하면서도 정갈한 분위기가 나 는 것이 무척 마음에 들었다.

"곽 조장님께 이런 감각이 있는 줄은 미처 몰랐네요."

집과 방을 대강 둘러본 모용연은 이곳이 진심으로 마음에 들었다.

"솜씨 좋은 거간꾼을 소개받아서, 수월히 진행할 수 있었습 니다."

정말로 솜씨 좋은 거간꾼인 듯했다. 이런 집을 중개해 주다 니 말이다.

어느새 주변이 어둑어둑해지고 있었다.

빨리 움직인다고 움직였는데도 시간이 제법 걸렸다.

"문 사형도 함께 가시겠어요?"

모용연의 물음에 문명후는 고개를 가로 저었다.

"한동안 이곳에 있을 테니, 난 다음에 가보마."

호진백도 같은 생각인 듯했다.

"그럼 저랑 혜아만 다녀올게요."

모용연이 모용혜의 손을 잡고 집을 나섰다. 그 뒤를 사 조조장 막사동과 무사 둘이 따랐다.

모용연은 길을 잘 안다는 듯 익숙한 걸음으로 앞으로 나갔다. 사람들이 힐끔힐끔 쳐다보았지만 신경 쓰지 않았다.

모용연의 거처가 읍성 중심에서 살짝 서쪽에 위치했기에 가려는 곳까지 얼마 걸리지 않았다.

읍성에서 가장 서쪽에 있는 마을. 그곳에 있는 집이 목적지였으니까.

오래지 않아 모용연은 모용혜의 손을 잡고 싸리문 앞에 도착했다.

싸리문 너머로 보이는 광경은 무척이나 익숙했다.

불과 이틀을 머물렀을 뿐인데, 정겨운 고향에 온 듯한 느낌이다.

다만, 저 커다란 개로 보이는 짐승만 없다면 말이다.

낯선 방문객들 때문인지, 개는 경계하는 얼굴로 자신들을 바라보고 있었다. 그럼에도 여전히 엎드려 있는 자세인 것이, 한껏 여유로운 표정이다.

'겨우 개 한 마리인데… 왠지 기분이 나쁘네.'

아마도 개의 태도 때문일 것이다. 마치 고수가 하수를 내려다보는 듯한 모습. 겨우 개가 사람들을 상대로 그러고 있는 것처럼 보였다.

'아, 이러면 안 되지.'

마당에 있는 개 때문에 울컥해서 이곳에 온 목적을 잊을 뻔했다.

"계세요?"

모용연이 목소리를 높에 외쳤다.

문이 열리며 예쁘장한 소녀가 빼꼼히 얼굴을 내민다. 그 사랑스러운 모습은 여전했다.

그 얼굴을 마주한 모용연이 웃음 지으며 손을 흔들었다.

"언니!!"

모용연의 얼굴을 확인한 홍해는 함박웃음을 지으며 그녀에게로 달려와 푹 안겼다. 싸리문을 여는 것은 순식간이었다.

"정말로 다시 왔네요! 헤헤."

홍해는 모용연의 품에 안겨서는 기분 좋은 웃음을 흘렸다.

"다시 온다고 했잖아. 다시 와서 홍해랑 홍산이 어떻게 지내는 지 본다고. 그래 그동안 그 못된 꼬마가 다시 괴롭히거나 하지 않았어?"

모용연이 홍해를 꼭 안아주며 물었다.

"괜찮아요. 우리 묵린이 덕에 아무 일도 없어요."

"묵린이?"

모용연의 물음에 홍해는 품에서 떨어져 묵린을 가리켰다.

"저 개가 묵린이야?"

뭔가 떨떠름한 물음이지만, 어린 홍해는 그 말속의 감정까지 알아차리지는 못했다.

"네. 엄청 대단하고, 엄청 똑똑해요."

홍해가 자랑스레 대답했다.

그사이 홍산도 나왔다.

"어? 다시 오셨네요. 안녕하세요."

홍산도 냉큼 달려와 꾸벅 인사를 한다.

"넌 여전히 재미없구나. 반가워."

모용연이 웃으며 홍산을 반겼다. 그 와중에 자신의 손을 당기는 기척을 느꼈다. 그제야 자신의 동생을 떠올린 모용연이 두 아이에게 모용혜를 소개했다.

이미 두 아이와 모용혜는 서로를 마주보고 있었다.

"아, 인사해. 전에 내가 말했지? 아픈 동생이 있다고. 그 동생이야. 모용혜. 나이는 너희와 같다. 그리고 이제 다 나았단다."

모용연이 웃으며 말했다.

"안녕! 난 홍해야. 장홍해. 만나서 정말 반가워. 너 정말 이쁘다!"

홍해가 활짝 웃으며 모용혜의 손을 덥썩 잡았다.

꾸밈 없는 홍해다운 밝은 모습이었다.

"어, 어. 반가워. 난 모용혜라고 해."

그런 홍해의 모습에 반해 모용혜는 조금 부끄러워하는 듯했다. 이곳에 오기까지 그렇게 기대하던 모습에 비하면 조금 의외였다.

하나 모용연은 동생이 그럴 줄 알았다는 듯 그저 바라만 볼 뿐이다.

회에서는 또래 아이들과 어울려 본 적이 거의 없기에. 아마 친구라는 존재를 처음 맞이하는 순간일테니까.

"나, 난. 장홍산. 바, 반가워."

짧게 인사하는 홍산.

그런데 얼굴이 살짝 붉게 상기되어 있다.

'어라? 이 애늙은이가?'

그 모습이 모용연의 눈에 띄었다. 자신이 겪은 홍산의 모습과는 다른 행동이 모용연의 속을 자극하기도 했다.

'뭐, 아직 아이들인데 아무렴 어때.'

이제 갓 열한 살이 된 아이들이다.

"아, 언니. 밥 먹고 가요. 지금 막 저녁 준비하던 참이에요."

"그럴까?"

홍해의 말에 모용연은 기다렸다는 듯 답했다.

한 발 뒤에서 그 모습을 모두 지켜보던 막사동은 상당히 놀라고 있었다.

'큰 아가씨께 이런 모습도 있었구나.'

회에서 보이던 모습과는 전혀 다른 탓이다.

"그런데 큰오빠는 오늘도 안 계시니?"

이 정도의 기척이면 그 남자가 나올 법도 한데 아무런 낌새가 보이지 않아 물었다.

"아, 형님은 친구분 상행을 돕는다고 멀리 떠나셨습니다. 이제 스무 날 정도 지났으니 아직 한참 더 지나야 오실 듯합니다.”

홍원에 대한 물음에 어느새 홍산은 애늙은이의 모습으로 돌
아와 있었다.

“그래?”

뭔가 아쉬우면서 뭔가 다행스러웠다.

그 시각.

홍산의 예상과 다르게 홍원은 다시 향산에 접어들어 있었
다.

갈 때와 다른 점이라면 등짐의 크기랄까.

향신료 역시 부피가 작은 거래 품목이지만, 두 사람이 운송
을 하다 보니 홍원이 진 짐의 크기는 제법 컸다.

종현도 꾸준히 단련을 해서 상당한 양의 향신료를 짊어지고
있지만 홍원은 그 두 배를 짊어졌다.

두 사람은 서면을 걷고 있었다.

갈 때와 달리 읍성으로 돌아가는 길은 일반적인 길을 걷고
있었다.

종현이 다시 천화국으로 상행을 갈 때를 위해서였다. 사람들
을 이끌고 가기 편할 듯한 길로 홍원이 안내하고 있었다.

“미안하다. 가격이 너무 좋아서, 나도 모르게 흥분해서 엄청
사버렸네.”

벌써 몇 번째 듣는 말인지 모른다. 길이 조금 험한 곳이 나
온다 싶으면 하는 말이다.

홍원의 뒤를 따르며, 산처럼 쌓인 등짐을 보는 것이 계속 마

음에 걸리는 듯했다.

"몇 번째 하는 소리다만, 난 괜찮다. 너도 알다시피 난 무림인이야. 이 정도는 괜찮아."

"그러고 보니, 넌 대체 어느 정도인 거냐?"

또다시 같은 대화의 반복이 시작되었다.

이 물음도 벌써 몇 번째인지 모른다.

"말했잖아. 몰라도 된다고."

"그래. 그랬지."

"많이 아는 게 좋은 게 아니다. 그냥 딱 그 정도만 알아둬. 너만. 철우나 진구 녀석에게도 말하지 말고."

"그래, 그래. 알았다. 알았어. 고수 친구님. 그래서 그때 날 그렇게 기절시키고 말이야."

여정 동안 결국 홍원은 종현에게 혼혈을 짚은 것을 걸렸다.

그 이후 틈만 나면 저런다.

그저 장난이라는 것을 알기에 그냥 웃어넘겼다. 향산을 벗어나 읍성으로 돌아가면 저럴 일이 없다는 것을 알기에.

"이제 얼마나 더 가야 하지?"

"이제 곧 남면이니까. 뭐, 천천히 가면 이레나 여드레 정도."

"출발한 지 스무 날 지났지?"

종현이 날짜를 셈해보더니 물었다.

"그럴 거다."

"이레나 여드레 후에 도착이면… 채 한 달도 되지 않아 왕복했다라… 너무 말도 안 되는 시간인데?"

종현이 놀랍다는 듯 눈을 동그랗게 뜨고 말했다.

"그거야 내가 지름길로 가서 그런 거고. 네가 지금 가는 길로 가면 훨씬 더 걸릴 거다."

산의 길이 무척이나 거리를 단축시켜 주었다.

"그렇다 하더라도. 결국 왕복에 한 달이 조금 더 걸릴 거라는 건데… 향산을 둘러서 가면 편도로 한 달이 조금 넘게 걸려. 시간을 절반이나 단축한 거라고."

종현이 흥분해서 말했다.

"그럴 줄 알고 남면 상로를 개척하려고 한 거 아냐?"

"그렇긴 한데, 막상 실제로 겪으니 예상대로라 하더라도 너무 놀라워서."

남면을 통하면 시간이 절반이 걸릴 거라는 것은 익히 철우도 예상하고 종현도 예상했던 일이다. 그것을 종현이 직접 해내고 나니, 알고 있던 사실이라도 몹시 흥분되는 듯했다.

그렇게 두 사람은 남면으로 접어들었다.

그곳에서 둘을 마중 나온 목이문의 사람을 만날 수 있었다. 어서 집으로 돌아가고 싶었기에, 정중히 사양하고 지나치려 했다.

"문주님께서 향신료를 거래하길 원하니, 꼭 좀 들러주십사 정중히 부탁하셨습니다."

그 말에 종현의 발길은 목이문으로 향했다. 상인이 거래를 거부해서는 안 된다.

홍원의 일과는 별개로 종현은 목이문과 만족스러운 거래를 할 수 있었다. 향신료뿐만 아니라, 다른 품목에 대한 이야기도 오갔다.

이들도 사람인지라, 아예 외부와의 교류를 끊고 살 수는 없는 일. 거래하던 상인이 있었으나, 요즘 방문이 뜸하다고 한다.

종현이 그 이야기에 새로운 거래를 제안한 것이다. 목이문 입장에서도 홍원의 친구인 종현이라면 신뢰를 쌓기 쉬웠다. 게다가 통행의 증표로, 문의 신물까지 선물하지 않았던가.

그렇게 목이문에서 하루를 보냈다.

목이문을 나서는 종현의 얼굴에는 만족감이 가득했다.

"정체 모를 친구야. 네 덕을 정말 많이 보는구나. 세상 사람들에게는 향산 남면을 금지로 만든 부족들인데, 나에게는 고객이라니. 하하하."

종현은 품에 든 금 조각들을 두드리며 기분 좋게 웃었다. 홍원은 그저 미소 띤 채 앞장설 뿐이다.

"그런데, 향산에 금광이 있는 건가?"

문득 생각난 듯 종현이 중얼거렸다.

이들은 중원의 화폐는 사용하지 않았다. 이곳에서 자급자족하면서 부족한 것만 외부의 상단을 통해서 구했기에, 딱히 중원의 화폐가 필요하지 않았던 것이다.

하지만 상단에 대가는 치러야 할 터. 그 수단으로 금을 사용했다. 사실 이들의 물품 중 상단들의 구미를 당기게 할 만한 것이 없었다.

"그러고 보니, 그런가 보네. 이들이 금을 캔 것이 아니면 딱히 가지고 있기는 힘들테니까."

홍원도 고개를 끄덕이며 대꾸했다. 거기까지 생각을 하지 못했는데, 역시 상인은 달랐다.

"흠. 그럼 향산에 금광 탐사를 한번 들어와 볼까. 하나만 찾아도 정말 대박인데."

종현이 흥미 가득한 얼굴로 중얼거렸다.

"어제를 생각 못 하는구나."

홍원의 지적에 종현이 손을 휘휘 젓는다.

"어허. 농담이야. 농담. 설마 그럴라고. 내 깜냥에 감당할 수 없다는 건 잘 알고 있어."

두 사람은 그런 시덥잖은 대화를 나누며 길을 재촉했다.

"에휴. 근데 길이 정말 험하구나. 과연 향산이야. 그런데 갈 때 찾은 그 지름길은 어떻게 그렇게 편할 수가 있었지?"

종현이 숨을 몰아쉬며 신기하다는 듯 말했다.

홍원은 그 비밀을 알려줄 수 없었다. 그저 모르는 척 걸음을 옮길 뿐이다.

"그러게 길을 잘 외우지 그랬냐. 내가 계속 같이 갈 수 없는데."

"지금 가는 길은 잘만 외워지는데… 천화국으로 갔던 길은 도통 못 외우겠다. 어찌 그리 어려운지. 정말 넌 정체가 뭐냐?"

"네 친구."

결국 대화의 마지막은 항상 같은 내용으로 끝이 났다.

그렇게 얼마나 더 갔을까.

홍원이 걸음을 멈췄다.

"왜 그래?"

홍원의 곁으로 다가온 종현이 물었다. 딱딱하게 굳은 친구의 얼굴에 마른 침을 꿀꺽 삼켰다.

"이쪽으로 와라."

홍원은 그곳에서 가장 가까운 산의 길로 종현을 잡아 끌었다.

적당한 바위 앞에서 홍원은 등에 지고 있던 짐을 풀었다.

"여기서 꼼짝 말고 기다려. 내가 올 때까지. 한 발짝도 움직이면 안 된다."

홍원의 심각한 얼굴에 종현은 고개를 끄덕였다. 그 모습을 확인한 홍원이 몸을 돌려 사라졌다.

종현은 자신의 짐을 내려놓고 바위에 걸터앉아 깊은 숨을 내쉬었다.

"후우. 이 참에 좀 쉬어 가는구나. 그런데… 진짜 홍원 저 녀석 대체 지난 세월 동안 무슨 일이 있었던 거야."

알 수 없다는 듯 고개를 저었다.

산의 길에 종현을 데려다놓은 홍원은 기척을 감추고 빠르게 움직였다.

자신의 기감에 낯선 이가 잡혔다.

목이문의 사람은 아니었다. 그들이 흘리는 그들 특유의 기운과는 다른 기운이었다.

언젠가 느낀 적이 있는 기운이었다.

'꿈 속에서지만.'

홍원은 깨달음 이후 꿈의 내용을 자연스레 받아들이고 있었다. 그 또한 자신의 것이었기에.

그러자 많은 것이 보이기도 하였다.

읍성으로 돌아가거든 그 꿈을 찬찬히 정리해 봐야겠다는 생각도 하고 있었다. 모든 것이 생생히 기억이 나지만, 애써 떠올리지 않았다. 이제는 마주하고 받아들여야겠다고 마음먹었다.

홍원의 두 눈에 남면의 우거진 나무 사이를 빠른 속도로 움직이는 인영이 보였다.

기척을 감추고 움직이는 것이 습관인 것 같은 자다.

홍원도 목이문에서의 깨달음이 없었다면, 이렇게 빨리 알아차리지 못했을 정도다.

'누구지?'

기억에 있는 모습이다.

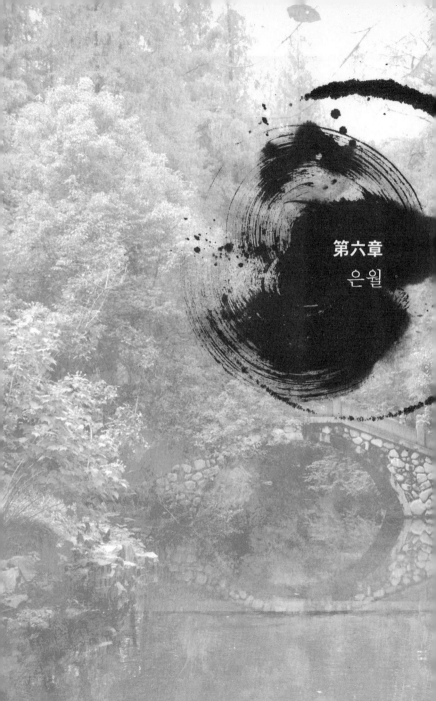

第六章

은월

꿈의 기억.

그곳에서 본 사람이다. 그때도 지금처럼 은신에 굉장한 능력을 지닌 자였다.

홍원은 자신의 기척을 지우고 조용히 그 뒤를 따랐다.

저자가 왜 이곳에 와 있는 걸까.

은월은 조용히 움직였다.

우문기영이 아주 은밀히 전한 서신 때문이다. 이번 일을 맡기면서 누구에게도 알리지 말고 조용히 다녀오라고 했다.

후일을 위해 큰 힘이 될 조력자를 구하는 일이라 했다.

품 안에 있는 서신의 내용에 대해서는 조금도 듣지 못했다.

우문기영의 진중한 모습에 은월은 평소보다 더욱 조심스레 움직였다.

향산으로 향하면서도 성현성이나 읍성에도 들리지 않았다. 그저 노숙을 하며 이곳까지 왔다.

사람이 없는 산속에서도 계속에서 은신을 유지하면서 이동했다.

'목형욱이라는 자가 얼마나 대단한 자이기에. 이리 조심을 하라고 하시는 걸까? 아니면 향산 남면의 부족과 이어지는 것을 숨기기 위함이실까?'

은월은 홀로 생각해 보았다. 아무래도 후자 쪽이 조금 더 설득력이 있는 것 같았다.

천선문을 떠난 이후 사람을 마주치지 않았다. 최대한 자신의 흔적을 숨기면서 이곳까지 온 것이다.

조금은 지쳤다.

아무리 자신의 특기가 이런 것이라 하나, 지금까지 계속해서 유지한 집중력에 은월의 몸이 피로를 호소하고 있었다.

'어서 빨리 남면 부족의 아무나 만나고 싶다.'

우문기영의 말에 따르면, 누구를 만나든 목형욱을 만나러 왔다 말하면 적대하지는 않을 것이라 했다.

그래서 은월은 자신의 흔적은 숨기면서, 사람의 흔적을 찾아서 헤매고 있었다.

몇 번 사람의 흔적을 찾긴 했으나, 아주 작았다. 그리고 하늘로 솟았는지, 땅으로 꺼졌는지 말도 안 되게 흔적이 끊겨 있었다.

여러모로 알 수 없는 곳이다.

"후우……."

자신도 모르게 작은 한숨을 내쉬었다.

그때.

갑작스레 은월의 눈앞에 한 남자가 나타났다.

홍원이다.

은월을 은밀히 쫓던 홍원은 그가 서서히 목이문 부족들의 마을 쪽으로 가까워지는 것을 확인하고는 막아섰다.

아무래도 꿈에서 목형욱을 보았던 것과 이 사람이 관련이 있는 것 같았다.

갑작스러운 사람의 등장에 은월은 당황했다. 하나 겉으로 그것을 드러내는 어리석음은 범하지 않았다.

은신이 특기인 자신이 기척을 읽지 못한 상대라니. 좋지 않았다. 전신의 기운을 끌어올려 언제라도 출수할 수 있게끔 준비를 마쳤다.

"이런 산속에서 그리 편안한 모습이라니, 혹 이곳의 사람이오?"

은월이 태연한 얼굴로 조심스레 물었다. 홍원은 묵묵히 그를 바라보다가 천천히 고개를 가로저었다.

그 반응에 은월의 몸에 긴장이 감돌았다.

"너는 누구지?"

홍원이 낮게 물었다. 낮은 목소리에 범접할 수 없는 힘이 깃들어 있었다.

은월은 나쁜 예감이 들었다. 무척이나 위험했다.

그는 자신의 본능을 믿었다. 그런 예감이 드는 순간 땅을 박찼다.

아직 젊은 애송이로 보였으나, 그의 본능은 최대한 빨리 도망치라 경고하고 있었다.

대성(大成)을 이룬 가장 빠른 경공을 극성으로 펼쳐서 온 힘을 다해 달렸다.

길이고 뭐고 상관없었다. 그저 저 남자에게서 최대한 멀어져야 했다.

홍원은 어이없는 얼굴로 그 모습을 바라보았다.

자신은 그저 한마디 물었을 뿐이다. 그런데 냅다 도주라니.

"뭔가 있군."

도망을 친다니, 잡아줘야 할 것 같았다.

홍원도 경공을 펼쳐 달렸다. 과연 상대의 경공은 빨랐다. 그 경공이 낯설지가 않았다. 이상한 일이다.

그런 상대의 경공은 홍원이 전력으로 경공을 펼친다 해도, 쉬이 따라잡을 수 없을 것 같았다.

하지만 이곳은 향산이다.

홍원은 산의 길로 들어갔다. 산의 길에서도 밖의 모습은 잘 보인다. 그랬기에 홍원은 눈으로는 그를 쫓으면서 다리는 빠르게 움직였다.

은월은 뒤도 돌아보지 않았다.

뒤를 돌아보면서 신경을 쓰면 그만큼 발이 느려진다. 아주 조금이더라도, 그 차이가 삶과 죽음을 가를 수 있다는 것을 은월은 경험으로 알았다.

그저 앞만 보고 열심히 달렸다.

하나 대경한 얼굴로 발을 멈출 수밖에 없었다.

어디에서 나타난 것인지 그 남자가 맞은편에 있었다.

"너는 누구지?"

홍원이 다시 물었다.

은월은 대답할 수가 없었다. 그저 주변을 살피면서 도망갈 찰나를 살피고 있었다.

홍원은 이번에는 도망치게 두지 않는다는 얼굴로 상대를 바라보았다.

"그, 그대는 누구요?"

은월이 물었다.

"내가 먼저 물은 것 같은데?"

질문에 질문이 돌아오자 홍원은 다시 물음을 던졌다.

"말할 수 없소."

"나도 말해줄 수 없겠군."

"왜 이리 나를 핍박하는 것이오?"

은월의 물음에 홍원이 고개를 갸웃거렸다.

"무슨 의미지? 나는 그저 네가 누구인지 물었고, 그 말에 도망간 건 너다."

돌아온 대답에 은월은 이를 악물었다.

"이곳에는 무슨 일로 왔지? 남면의 사람들을 만나러 온 건가?"

은월의 눈이 찰나지간 잘게 떨렸다. 찰나를 천으로 나눈 중 하나와 같은 짧은 순간이었지만 홍원은 놓치지 않았다.

은월은 대답하지 않았지만 홍원은 그 대답을 이미 들었다.

"그것이 목적인가?"

홍원의 시선이 은월의 품으로 향했다.

은월의 뒤를 은밀히 쫓을 때, 그가 품속으로 상당히 주의를 기울이는 것을 이미 본 터다.

그 말에 은월은 반사적으로 한 걸음 물러났다.

홍원이 은월에게 달려들었다.

빠른 출수다. 빛살같이 날아든 홍원의 오른손이 은월의 품을 파고드는 순간, 은월의 모습이 흐려졌다.

"잔상?"

은월은 어느새 원래 자리로부터 다섯 발자국 정도 왼쪽으로 이동해 있었다.

무흔환영보(無痕幻影步).

은월의 독문절기다. 도주가 불가능하다는 판단에 자신의 무 공을 극성으로 펼친 것이다. 그의 손에는 어느새 낭창거리는 연검이 들려 있었다.

그 모습에 홍원이 살짝 웃었다.

이제 그 꿈이라는 녀석이 대체 어떤 녀석인지 흥미가 생겼 다.

꿈속에서 적이었던 자가 다시금 자신과 마주하고 있다.

꿈속에서 돌아가셨던 어머니께서 지금은 정정하게 살아계

신다.

결국 꿈은 꿈이다.

그런데 꿈이 자꾸 자신의 현실과 엮이고 있다.

"은월이었던가?"

홍원이 중얼거렸다.

상대의 얼굴이 경악으로 물들었다. 그 모습에 홍원은 작게 고개를 끄덕였다.

'그냥 개꿈은 분명 아니로군.'

꿈속에서 그와 싸우면서 주변에서 그를 부르는 이름을 들었었다.

한데 그 이름이 저자의 이름이 맞다.

"네놈은 누구냐?"

은월이 살기 어린 목소리로 물었다.

홍원이 그 물음에 답해줄 이유는 없었다. 대답 대신 홍원은 다시금 은월을 향해 짓쳐 들었다.

홍원의 양손에 맺힌 수강(手罡)이 날카로운 빛을 흩뿌리며 날아갔다.

은월은 이를 악물며 연검을 휘둘렀다. 연검을 감싼 은월의 붉은 강기는 연검과 함께 낭창거렸다.

채채챙.

손과 검이 부딪히며 울리는 소리다.

홍원은 이무기와의 싸움에서 창이 사라진 후 굳이 다른 병기를 찾지 않았다. 그때 얻은 깨달음 덕이다.

읍성으로 돌아가면 손에 맞는 검을 찾아볼까 생각하고 있었다.

아무래도 자신에게 가장 익숙한 병기는 도(刀)도 창(槍)도 아닌 검이었다.

사부께 사사한 것도 검이었다.

병기에 얽매이지는 않더라도, 역시 자신에게 가장 익숙한 것이 좋겠다는 생각에서였다.

그런고로 지금은 적수공권이다.

상관없었다.

양손이 어지러이 움직이면서 은월을 공격하고 있었다. 은월의 연검도 사방을 움직이며 홍원의 공격을 막았다.

순식간에 십여 초식을 주고받았다.

은월의 특기가 경공과 은신이라 하나 검법의 경지가 낮지 않았다.

잠깐의 격돌 후 잠깐의 소강상태가 찾아왔다.

둘은 말이 없었다. 누구도 움직이지 않고 서로를 바라보았다.

두 사람 모두 상당히 놀란 상태다.

서로의 무공이 너무나 익숙했다. 권법(拳法)과 장법(掌法), 수법(手法)으로 펼쳐지는 홍원의 공격이나, 연검술로 펼쳐지는 은월의 방어.

형태는 달랐으되, 그 근원은 상당히 유사했다.

"네놈은 대체 누구기에 천선문(天仙門)의 무공을 사용하는 것이냐?”

그때.

은월이 다시 물었다. 그는 지금 상당히 놀란 상태다. 상대가
자신의 이름을 아는 것만도 경악할 노릇인데, 펼치는 무공은
천선의 무공이다.

홍원은 은월의 입에서 나온 천선이라는 말에 놀랐다.

황궁을 지키던 자의 입에서 천선이라.

‘사부님. 저에게 무공만이 아니라 사문에 대해서 좀 더 많은
것을 알려주시지 그러셨습니까?’

홍원은 사문에 대해 많은 것을 알지 못했다.

사문의 무공에 대해서는 방대한 것을 배웠으나 그것이 전부
다.

사문에 대한 것은 그저 위치와 신비문파라는 것, 그 외 소소
한 몇 가지 정도 들었을 뿐이다.

아마도 홍원의 사부는 홍원이 사문에 얽매이지 않기를 원한
것 같았다. 그 자신이 그러했기에.

“그러는 너는 어떻게 천선의 무공을 사용하는 거지?”

돌아온 홍원의 대답에 은월은 혼란스러웠다.

자신의 상대는 분명 천선을 알고 있다.

하지만 천선문에 저런 자는 없었다.

‘그러고 보니……’

경황이 없어 몰랐다. 그런데 지금 곰곰이 생각해 보니 저자
의 보법이 무척이나 낯이 익었다.

"허공보(虛空步)!!"

그 보법이 무엇인지 떠오르는 순간 은월은 자신도 모르게 소리치고 말았다. 너무나 놀라웠기에.

'역시 천선문의 사람이로군.'

그러니 자신의 신법을 알아본 것이다. 경공과 보법으로 모두 운용이 가능한 허공보는 그중에서도 특히 보법 쪽으로 특출난 신법이다.

은월이 펼친 무공은 천선(天仙)은 아니었다. 당연한 일이다. 천선은 문주지공으로 소문주들만이 익힐 수 있는 무공이었기에.

그러나 은월의 검법은 천선에서 파생되어 나온 것이었다. 홍원은 상대의 검법에서 천선의 흔적을 읽을 수 있었다.

사부께 들었던 수많은 천선문의 검법들이 머릿속을 스쳐 지나갔다.

'단하칠채검(斷霞七彩劍)이었던가?'

홍원은 그중 은월이 펼친 검법으로 생각되는 검법을 떠올렸다. 대강의 특징과 명칭은 사부께 들었었다.

과연 은월이 펼치는 검법은 사부에게 들은 대로였다.

'극성까지 익힌 듯하군.'

"네 녀석이 어떻게 허공보를 알고 있는 것이냐!"

은월이 사나운 얼굴로 홍원을 다그쳤다.

"허공보는 본문의 문주지공이다. 그것을 어찌 네놈이!!"

계속되는 다그침. 그 속에는 은월의 당황스러운 심정이 가득했다.

"내가 아는 천선문이 아닌 듯하군."

홍원은 담담히 말했다. 천하를 떠돌며 사부님께 들었던 몇 안 되는 이야기와 지금의 천선문과는 다른 듯했다.

인원이 그렇게 많지 않은 문파라 하셨다. 그래서 맥이 끊기기 쉽다고, 그걸 항시 경계했다 하셨다.

소문주만 다섯을 두는 것이 다 그러한 경계의 일환이었다.

그런데 이곳에 저런 고수를 보내는 것으로 보아 지금은 다른 듯했다.

'사부께서 문을 떠나신 후 황궁과 손을 잡고 규모를 키운 것인가?'

사부께 들은 것과 꿈에서 본 것을 조합해 나름 추측을 해보았다. 홍원이 사부에게 들은 천선문의 정보는 극히 적었기에, 그 정도가 홍원이 생각할 수 있는 전부였다.

'그렇다면 사부께서 전해주신 곳에 가더라도 천선문은 없을 수도 있겠군. 대체 왜 황궁과 손을 잡은 거지?'

홍원은 알 수 없었다.

원래 천선문의 시작이 황궁이었음을 말이다. 사부가 그것까지는 알려주지 않은 탓이다.

"네 녀석이 어떻게 본문을 아는 거지?"

은월은 자신의 기억을 뒤졌다. 이런 인물은 절대 천선문에 없었다. 그런데 문주지공인 허공보까지 익히고 있다니.

"글쎄. 물을 것은 내가 더 많은 듯하군."

"문답무용(問答無用)!"

충격을 추스른 은월이 홍원을 향해 달려들었다. 새빨간 강기가 맺힌 연검은 마치 뱀이 날름거리를 혀처럼 보였다. 교묘한 검로를 그리며 홍원의 목을 노리고 날아들었다.

홍원은 무심한 얼굴로 은월의 공격을 피했다.

머릿속이 복잡했다. 하지만 결론은 단순하고도 명쾌했다.

'일단 이자를 잡는다.'

복잡한 것은 그 이후에 생각하면 될 일이다.

홍원의 움직임이 더욱 빨라졌다. 허공보의 투로를 밟아 움직이는 발은 더욱 현묘해졌고, 수강의 빛깔은 그 깊이를 더했다.

자신을 향해 날아오는 검강을 교묘히 흘리면서 홍원은 때로는 장법으로, 때로는 권법으로 은월을 압박했다.

마음만 먹으면 일수(一手)로 은월을 죽일 수 있었다.

은월에 비한 홍원의 경지는 까마득하게 높고도 높았다. 하지만 홍원은 천천히 은월을 압박하면서 싸웠다.

일단 온전한 상태로 제압할 생각이었다.

더 이상 품속에는 관심이 가지 않았다. 일단 제압하면 다른 것은 모두 따라올 것이다.

은월의 마음속 깊은 곳부터 꺾기 위해, 홍원은 천천히 은월을 압박했다.

일말의 희망조차 가지지 못하고 완벽하게 무릎을 꿇게 할 생각이다.

'능풍만리행(凌風萬里行)만 펼치지 못하게 하면 된다.'

능풍만리행(凌風萬里行)은 천선문의 모든 경신법 중 가장 빠른 경공이다. 조금 전 은월이 도주하는 데 사용한 경공이 바로 그것이다.

산의 길이 아니었다면, 아무리 홍원이 허공보를 극성으로 펼친다 해도 따라잡기가 어려웠을 것이다.

은월이 다시 도주한다면, 산의 길을 이용해 다시 잡으면 된다. 하지만 홍원은 일말의 틈조차 주기 싫었다.

사납게 몰아치는 홍원의 공격에 은월은 방어에 급급했다. 일 초, 일 초가 치명적이었기에 도주를 시도할 수 없었다.

홍원의 의도대로였다.

'이대로면 아무것도 안 된다.'

점점 암울한 생각이 들었다. 하지만 그것을 벗어날 수가 없었다.

모든 곳을 막아서며 압박하고 있었다.

상대의 의도를 읽을 수 있었다. 자신을 완벽하게 제압하려 하고 있었다.

알지만 당할 수밖에 없었다.

'차원이 다르구나.'

어디서 이런 고수가 툭 튀어나온 것일까. 그것도 천선을 사용하면서.

"이만 끝내도록 하지."

홍원의 몸에서 뿜어져 나오는 기세가 달라졌다. 강맹하나 부드러웠다.

"천선일식 난화(亂花)."

본래 천선에는 없는 식이다.

천선은 천선일 뿐이다. 사부에게 배울 때도 그랬다.

이번에 깨달음을 얻으며 홍원 나름대로 정리한 것이다.

처음 세상에 그 모습을 보였다.

사방에서 어지러이 휘날리는 꽃과 같이 홍원의 손이 모든 공간을 점했다.

은월이 그 모든 것을 베어내겠다는 기세로 검을 휘둘렀으나, 하나가 사라지면 둘이 나타나 은월에게로 다가왔다.

"이야압!"

은월이 전력을 다한 기합성과 함께 단하칠채검의 최후 절초를 펼쳤지만 손으로 피운 꽃무리에 그대로 먹혔다.

*　　　　*　　　　*

털썩.

은월은 무릎을 꿇었다. 그의 손에 들린 연검은 검병만이 애처롭게 남아 있다.

낭창거리던 검신은 산산조각이 나서 사라져 버렸다.

은월의 두 눈은 멍하니 초점이 사라졌다.

압도적이었다.

압도적이라는 표현이 무척 초라하다는 생각이 들 정도로 압도적이었다.

'노야께서 상대하신다 해도… 십 초는 버티실 수 있을까?'

은월의 머릿속에 그런 생각이 들었다.

태상호법 우문기영을 떠올리는 순간 은월의 눈에 초점이 살짝 돌아왔다.

'어쩌면 노야께서 그토록 찾던 북해의 괴물이… 어쩌면……'

은원을 진실에 거의 근접한 추측을 했다.

홍원이 보여준 경지가 그랬다. 누가 보더라도 괴물이라 할 만한 경지다.

우문기영이 그토록 두려워하던 괴물이라면, 이 정도는 되어야 할 것이라는 생각이 만든 추측이다.

어느새 다가온 것일까.

홍원은 무릎을 꿇은 은월의 품에서 서신을 꺼냈다.

그토록 치열한 싸움을 벌였으나 품속의 서신은 멀쩡했다. 처음 받았을 때 상태 그대로였다.

홍원이 그렇게 되도록 했기 때문이다.

은월은 아무런 행동도 취하지 못했다. 그저 무릎을 꿇은 그 상태로 멍하니 홍원을 바라볼 뿐이다.

홍원은 서신을 펼쳤다.

낯선 필체의 글씨가 빼곡히 적혀 있었다.

그 내용은 심상치 않았다. 홍원 자신도 이곳에 와서 겪고서야 알게 된 것들이 쓰여 있었다.

'천선문 태상호법 우문기영.'

서신의 말미에 있는 이름이다.

'이자는 누구이기에, 어떤 능력을 가졌기에, 천신목의 이무기를 알고 있는 거지?'

짙은 의문이 떠올랐다.

하지만 해결할 방도는 없었다. 은월 이자의 행동으로 보아, 그도 서신의 내용은 모를 테고, 이것을 가지고 목형욱을 만난다 해도 그도 모를 것이다.

무슨 목적으로 이 서신을 보낸 것일까?

서신을 보낸 목적은 아주 상세히 쓰여 있었다. 목형욱과 목이문을 천선문의 우방으로 끌어들이려는 의도다.

이무기의 존재를 알려주는 것은 목이문에 빚을 지우기 위함이다. 홍원 자신이 먼저 이무기를 처리했기에, 이제는 별 의미 없는 서신이 되어버렸지만.

홍원이 궁금한 것은, 우문기영이 목이문과 손을 잡으려는 그 목적이었다.

남면만을 영역으로 삼고 살아가는 이들과 무엇을 하려는 것일까.

홍원은 삼매진화로 이미 그 소용이 다한 서신을 태워 날려보냈다.

'어렵구나.'

어려운 것은 많았다.

당장 홍원의 시선이 은월을 향했다.

'이자를 어찌한다?'

은월의 처리도 골치 아픈 문제다. 일단 제압은 했으나 그 이후가 문제다. 너무 많은 것을 보여줘 버렸다.

간단한 방법이 있다. 죽이면 된다.

그런데 왠지 내키지가 않는다. 실수 죽림으로 살던 때와는 달랐다.

이제는 살인이라는 것이 망설여졌다.

그렇다고 살려 돌려보낼 수는 없었다. 그러면 분명 우문기영이라는 자에게로 갈 것이고 그때부터 골치 아픈 일이 생길 것이다.

'아직 알아내야 할 것도 많아.'

이런 은밀한 임무를 맡을 정도면 상당한 지위에 있을 것이다. 그러면 천선문에 대해 아는 것도 많을 터.

꿈에서의 일을 풀어내려면 천선문에 대해 더 많은 것을 알아봐야 할 것 같았다. 황궁과 천선문의 관계도 그렇고. 은월은 꿈속에서 자신을 적대했으니까.

'어쩌면 내가 북해에 있는 동안 은월이 목 어르신과 만나서, 후일 어르신이 나를 막아선 것인지도 모르겠군.'

꿈은 철저히 홍원의 시점으로만 진행이 되었다.

당연한 일이다.

그래서 그 속에서도 여전히 의문인 일들이 많았다. 목형욱과의 싸움 또한 그랬다. 목이문의 문주가 왜 황궁에서 자신과 싸웠을까. 목형욱을 만나고 품은 의문이다.

그 해답의 연결고리를 찾은 것 같았다.

"아무래도 손을 좀 빌려야겠군."

결정을 내린 홍원이 혼잣말을 중얼거렸다.

은월의 시선이 홍원을 향하는 순간 홍원의 손이 움직였다.

아혈과 마혈을 홍원만의 수법으로 짚었다. 이제 다른 사람은 해혈을 할 수 없을 것이다.

홍원의 손이 은월의 단전에 올라갔다.

은월이 동공이 크게 확장되었다. 홍원이 하려는 일이 추측되어서다.

"잠시 금제하는 것이니 그리 놀랄 것 없어."

홍원의 내력이 은월의 단전을 꽉 묶었다.

은월의 내력이 단단하게 굳어버렸다. 이제 은월은 무공을 익히지 않은 사람과 다를 게 없다.

귀 옆의 혈도 짚었다. 이제 소리도 제대로 들을 수 없을 것이다. 그저 웅웅거리면서 울릴 것이다.

"그럼 잠시 자도록."

홍원이 은월의 혼혈을 짚자, 그는 그대로 정신을 잃었다.

그런 은월을 어깨에 들쳐 멘 홍원은 목이문으로 향했다.

이곳에서 은월을 구속해 놓으려면 결국은 목이문의 도움을 받을 수밖에 없었다.

인사하고 떠나온 지 얼마나 됐다고 다시 방문이라니 무언가 머쓱한 상황이다. 다른 방법이 없으니 어쩔 수 없었다.

목형욱은 홍원의 이야기를 듣고 흔쾌히 은월의 신병을 구속해 주기로 했다.

어려운 일이 아니었다. 은월은 곧 목이문의 지하뇌옥으로 끌려갔다.

어찌할까 고민했으나, 은월이 가지고 온 서신에 대한 이야기는 결국 하지 않았다. 이미 홍원의 손에서 끝난 일이다.

다만 천선문에서 다시 남면으로 사람을 보낼 수는 있으니 그에 대한 언질은 해줘야 했다.

"아무래도 천선문이라는 곳에서 목이문과 무엇을 도모하려는 것 같습니다."

"천선문?"

목형욱은 고개를 갸웃거렸다. 그의 기억에 없는 문파다.

"숭무련, 경천회, 마황성, 사혈궁. 이들과는 한 번씩은 부딪혔지만, 천선문은 처음 듣는 곳이군."

남면이 금지가 되기까지 많은 곳에서 길을 얻기 위한 시도를 했었다. 하지만 모두 실패했다.

실패한 이들 중에는 중원의 사대세력도 있었다.

'산의 길을 모르면, 아무리 그들이라도 당할 수밖에 없지.'

거기에 목형욱의 실력도 대단했다. 이무기와의 싸움에서 아무것도 못했다 하나, 홍원이 너무 강했던 것뿐이다.

목형욱이 전력을 다한다면 각 사대세력의 십대강자들도 승부를 장담할 수 없을 정도다. 거기에 더해 산의 길까지 있으니 그들로서도 방법이 없었을 것이다.

"비밀스러운 곳인 듯합니다만. 제가 잡아온 자와 같은 실력자가 있는 것으로 보아 쉬이 볼 상대는 아닙니다."

"정체를 숨기는 단체라면 그렇게 떳떳한 곳은 아닐 듯하군."

목형욱이 고개를 끄덕였다.

"저자는 제가 귀와 입을 막았습니다. 내공에도 금제를 걸었습니다. 다음에 제가 다시 와 좀 더 알아보도록 하겠습니다."

"알겠네. 우리도 천선문이라는 곳을 조심하도록 하지."

목형욱은 자신이 직접 은월을 심문해 볼까도 했으나, 홍원이 귀와 입을 막았다는 소리에 그 마음을 접었다.

홍원은 종현이 있는 곳으로 돌아갔다.

"뭐가 이렇게 오래 걸려?"

홍원의 모습에 종현이 툴툴거렸다.

무려 한 시진을 이곳에서 아무것도 하지 않고 있었으니 그 심정이 오죽할까.

"미안하다. 꼬리가 하나 붙은 것 같아서……."

홍원의 말에 종현의 얼굴이 변했다. 혹여나 은살림의 인물인가 하는 걱정이 종현을 옭아맸다.

"걱정 마라. 처리했으니까. 네가 걱정하는 쪽도 아니고."

홍원의 말에 종현은 그제야 안도의 한숨을 쉬었다.

"후우. 다행이네. 죽인 거야?"

처리했다는 말에 종현이 조심스레 물었다. 홍원은 무림인이니까.

"일단 제압해서 목이문에 가둬놨다."

"그랬구나. 어서 가자."

종현이 밝은 얼굴로 앞장섰다.

"이쪽이다."

홍원은 그런 친구의 팔을 잡아 바른 길로 이끌었다. 홍원의
입가에는 작은 미소가 걸려 있었다.

종현의 반응을 보니, 살려두길 잘한 것 같았다.

종현 역시 자신이 사람을 죽인다는 것을 쉬이 받아들이지
못할 것 같았다.

아마 이것 때문인 듯했다.

살인이 내키지 않는 것. 주변 사람들이 자신을 어찌 받아
들여야 할지 혼란스러워하는 것을 보고 싶지 않았던 것이다.

지인들에게 그런 혼란을 주고 싶지도 않았다.

'어렵구나.'

조용히, 어울려 살아간다는 것은 쉬운 일이 아니었다.

자신은 보통 사람이 아니었으니까.

'천선문.'

홍원은 자신의 사문을 떠올렸다.

자신이 무림인이기 때문일까? 자꾸 읍성에 바람이 분다.

무공을 익혔으되, 무림이라는 세상에 제대로 발을 디딘 적이
없는 자신이다. 그저 사부를 따라 천하를 주유했다.

그런데도, 무림이라는 세상의 바람이 읍성으로, 향산으로 불
고 있다.

어려웠다.

어떻게 해야 할까.

답이 보이지 않았다.

　모용혜가 읍성에 온 지 칠일이 지났다. 그녀는 읍성의 생활에 아주 빠르게 적응했다.

　금세 홍해와 친해진 덕이 컸다. 모용혜는 홍해와 함께 묵린의 등에 타고 있었다.

　그 곁에는 홍산이 있었다.

　"너 어째 내가 묵린이를 탈 때랑은 다르다?"

　아연이다. 그녀도 함께 있었다.

　"내, 내가 뭘?"

　아연의 물음에 홍산이 말을 더듬거렸다.

　"이거 이거, 수상한데?"

　아연이 눈을 가늘게 뜨고 홍산을 바라보았다. 홍산은 고개를 획 돌렸다. 아연과 눈이 마주치는 것이 싫은 듯했다.

　"오빠 왜 그래?"

　홍해가 묻는다.

　"아무것도 아니야."

　"정말 아무것도 아니야?"

　이번에는 모용혜의 물음이다.

　"그, 그래."

　목소리가 살짝 떨려 나왔다. 그 모습에 홍해와 모용혜는 고개를 갸웃거렸지만 아연은 작은 웃음을 지었다.

　"에구. 우리 홍산이 애늙은이 같기만 하더니, 이제 제대로

컸네."

"시끄러!"

아연의 말에 홍산이 버럭 소리를 질렀다.

그러거나 말거나 아연은 킥킥거리며 웃었다.

홍산이 애늙은이 같다면, 아연은 조숙했다. 또래 아이들보다 네댓 살은 더 먹은 듯 의젓했다.

홍산은 아연의 모습을 새침하다고 도도하다고 하곤 했었다. 그런 모습은 묵린의 등에 오를 때만 사라지곤 했다.

"어이구. 이 누나 말 잘 들어야 할 텐데……."

아연의 은근한 말.

"누나는 무슨."

홍산의 붉어진 얼굴로 고개를 획 돌렸다.

그런 아이들의 투닥거림을 몇 걸음 떨어진 곳에서 곽휴를 비롯한 무사들이 지켜보고 있었다.

모두 모용혜의 호위들이다.

'에휴. 이게 뭐하는 건지.'

열한 살 꼬마들의 장난을 보면서 다니는 것도 이제는 지친다. 그래도 모용혜의 저런 밝은 모습을 보고 있자니 이곳에 오기를 잘했다는 생각이 들기도 했다.

복잡한 심사다.

"아, 다 왔다."

그사이 아연의 집에 도착했다.

"그럼 난 간다. 홍해랑 혜아도 내일 봐! 아, 그리고 내일은 내가 묵린이 타는 날이야!"

아연이 손을 흔들며 집으로 들어갔다. 묵린의 등에 타고 싶어 하는 아이는 셋이고 탈 수 있는 인원은 둘이었다.

홍해는 묵린의 주인이었기에 아연과 모용혜가 하루씩 번갈아 가며 타고 다녔다.

다음 목적지는 모용혜의 집이다.

사흘 전부터 모용혜도 학관을 다니고 있었다.

사실 모용혜는 학관을 다닐 필요가 없었다. 학관에서 배우는 것을 모두 습득한 것이 네 살 때다.

천형의 절맥에 따라오는 뛰어난 오성 덕분이다.

그럼에도 모용혜는 학관에 다니고 싶어했다.

홍산과 홍해 때문이다.

아연은 학관에서 친해진 친구다.

좋았다. 이곳에 오기를 정말 잘한 것 같았다. 하지만 읍성에서 머무를 수 있는 시간은 불과 반년이다.

아버지와 약속한 기간이었다.

그래서 모용혜는 하루하루 시간이 가는 것이 너무 아쉬웠다.

시간이 좀 천천히 갔으면 좋겠는데, 즐거운 시간은 너무나 빨리 흘러갔다.

몸이 아프고 고통스러울 때는 그리도 느리게 가더니.

시간이 야속했다.

"그런데 홍산아. 내가 어제 이야기한 건 생각해 봤어?"

"으응."

홍산 답지 않게 대답을 끌었다.

"어떻게 할 거야?"

"글쎄. 아직 모르겠어."

홍산은 여전히 망설였다.

"오빠. 배우자."

홍해가 끼어들었다.

"으음……."

홍해의 재촉에도 홍산은 대답을 망설였다.

'쯧쯧. 답답한 꼬맹이 같으니라고. 아가씨께서 무공을 가르쳐 주신다고 하시는데 저리 망설이다니. 광평성 아이들이 알면 난리가 나겠구만.'

광평성.

동남성도라고도 불리는 경천회의 근거지다. 경천회가 광평성을 중심으로 중원의 동남부를 장악하고 있기에, 동남성도라고도 불리는 것이다.

실제로 광평성 아이들의 꿈은 경천회에 들어가 고수가 되는 것이다.

지금.

바로 그 경천회의 작은 아가씨가 직접 무공을 배우게 해주겠다고 하는데 저 꼬마는 망설이고 있는 것이다. 광평성에서는 상상도 할 수 없는 일이다.

"나 혼자 무공 수련하면 심심하니까. 같이 배우자."

모용혜가 다시 한번 말했다.

처음에는 홍해에게만 이야기했는데, 홍해는 홍산이 배우면 함께 배우겠다고 해서 홍산을 설득 중이다.

기실, 모용혜가 이들 남매에게 무공을 가르치려고 하는 이유는 따로 있었다.

모용혜는 절맥을 치료하기 위해 복용한 수많은 영약 덕에 작지 않은 내공을 가지고 있었다.

무공을 제대로 배운 지는 얼마 되지 않지만, 그 많은 내공 덕에 오감을 지극히 예민하게 할 수 있었다.

사흘 전 학관을 나가기 시작한 이후.

학관 아이들의 속삭임이 그녀의 귀에도 들렸다.

예전에 관오령을 위시한 아이들이 홍산과 홍해를 괴롭혔을 때의 이야기를 들어버린 것이다.

지금은 묵린이 든든하게 있어서 아이들이 어쩌지 못한다는 것까지 들었다.

모용혜는 그것이 싫었다.

자신의 친구들이 주변 아이들에게 그런 괴롭힘을 당했던 것도 싫었다.

그러지 않으려면 스스로 힘을 가져야 했고, 모용혜는 자신의 친구들이 그런 힘을 가지는 것을 돕고 싶었다.

하지만 그 사실을 그대로 말할 수는 없었다.

어쩌면 자신의 그런 마음을 동정이라고 받아들여 상처를 입을지도 몰랐기 때문이다.

홍산은 그럴 것 같았다.

그래서 혼자 무공을 배우니 심심하다고 같이 배우자고 설득하고 있는 것이다.

평소 다른 친구들 사이의 홍산의 모습을 보면 칼같이 거절할 줄 알았다. 그래서 그다음과 그다음 단계를 준비했는데 의외로 홍산이 반응을 보였다.

그래서 계속 첫 번째 방법으로 설득하는 중이다.

홍해는 진작 넘어왔다.

그래서 이제는 둘이서 같이 설득하는 것이다.

"아! 오빠 그것 때문에 그러는 거야?"

그때 홍해가 무언가 생각났다는 듯 외쳤다.

"뭔데?"

모용혜가 묻는다.

"설마, 공부할 시간 줄어든다고 고민하는 거야?"

홍산이 움찔했다.

홍산은 평소 학관이 마친 이후에도 집에서 늘 책을 끼고 살았다. 그날 배운 것을 몇 번이고 다시 공부했다.

그럴 때의 홍산의 얼굴은 생기가 넘쳤다. 정말로 공부를 즐기는 것이다.

이유를 알았으니 해결책은 금세 떠올랐다.

모용혜는 설득 국면을 전환했다. 미끼를 던진 것이다.

"흐음. 그러면 내가 공부 도와줄게."

홍산이 조금 더 흔들렸다.

모용혜의 실력에는 감탄하고 감탄했다. 학관의 선생님들이 모용혜에게는 혀를 내둘렀다. 가르칠 게 없어 받아줄 수 없다는 소리까지 했다고 한다.

그런 모용혜가 자신의 공부를 도와준다라. 무공을 익히는 것은 내키지 않았지만 미끼가 너무 매력적이다.

거기에 모용혜는 미끼를 추가했다.

"그리고 공부를 제대로 하려면 몸이 건강해야 해. 나 몸이 아플 때 너무 힘들어서 공부를 제대로 하지 못했었어. 무공 수련만큼 건강에 좋은 것도 없으니까. 같이하자."

"으음… 아, 알았어."

홍산은 미끼를 물었다.

第七章
귀가

"다 왔다!"

종현이 크게 외쳤다.

멀리 읍성의 성벽이 눈에 들어왔다. 등 뒤로 넘어가는 석양의 노을 아래 읍성은 무척이나 멋져 보였다.

남면을 통과한 덕에 무척이나 빨리 다녀온 여정이지만, 그래도 한 달 만에 돌아왔다.

그리운 집이 눈앞에 나타나니 종현뿐 아니라 홍원도 조금 들떴다.

"어서 가자. 성문 닫히기 전에."

종현이 앞장서서 성큼성큼 걸었다. 홍원이 그 뒤를 따랐다.

긴 여정에 지칠 때가 되었으나 딱 그때에 맞춰 집으로 돌아왔다. 그래서 저렇게 힘내서 걸을 수 있는 것이리라.

'아마 며칠은 앓아눕겠지.'

돌아올 때는 산의 길을 전혀 이용하지 않았다.

종현은 은월과의 싸움 때 잠깐 산의 길에 들어가 있었을 뿐이다.

향산은 동면을 제외하고는 그 산세가 험하다.

그곳을 쉬지 않고 걸어왔으니, 이미 체력이 바닥일 테다.

성문에 도착하자, 수문병들이 놀란 얼굴로 두 사람을 맞았다.

그들이 들은 바보다 훨씬 빨리 돌아왔기 때문이다. 갈 때와는 달리 두 사람의 등에 짐이 가득한 걸로 봐서, 제대로 목적을 이룬 것 같았다.

그렇다면 더더욱 이해할 수 없었다.

어떻게 이리 빨리 돌아온 것인지.

홍원과 종현은 그러거나 말거나 성문을 통과해 성내로 들어갔다.

두 사람은 곧장 종현의 집으로 향했다. 가지고 온 것을 풀어봐야 했으니.

그렇게 종현의 집에 있는 작은 창고에 짐을 정리했다.

그사이 노을이 새빨갛게 변한 것이 곧 어둠이 찾아오려는 듯했다.

홍원은 읍성 정체로 기감을 넓혔다.

동생들을 찾기 위함이다. 시간상으로는 이미 집에 돌아와 있을 때이지만, 묵린과 함께하면서 가끔 다른 곳으로 가기도 했다.

"응?"

홍원의 표정이 살짝 변했다.

읍성에서 다시 만나지 않을 거라 생각한 사람들의 기감이 느껴진 탓이다.

"그들이 왜 다시 왔지?"

홍원은 고개를 갸웃거렸다. 목적하던 바는 이루었을 터이다.

백린이 자홍선지초를 갈현청에게 전하는 것을 자신이 지켜보았으니까.

한데 왜 다시 이곳을 찾았을까. 그리고 왜 자신의 동생들이 그들과 함께 있을까.

"찾아가 보면 알겠지."

그렇게 홍원의 발길은 집이 아닌 모용연의 거처로 향했다.

기척은 감춘 채였다.

홍원은 모용연의 집 담장 한쪽에 가만히 서서 동생들을 바라보았다.

살수 시절의 은신법을 극성으로 펼쳤기에, 그곳에 있는 누구도 홍원을 알아차리지 못했다.

"이야. 잘하는데?"

모용연의 기분 좋은 목소리가 울렸다.

그녀 앞에 세 아이가 각기 다른 동작을 취하고 있었다.

홍산은 주먹을 휘두르고 있었고, 홍해는 가만히 가부좌를 틀고 앉아 있었다.

그리고 다른 여자 아이는 목검을 휘두르고 있었다.

'저 아이가 자홍선지초의 주인인 모양이군.'

홍원은 모용혜를 처음보는 순간 알 수 있었다. 그녀에게서
자홍선지초의 기운이 희미하게 느껴진 탓이다.

'아프다던 동생이 저 아이구나.'

동생들에게 모용연이 아픈 동생의 약을 구하러 읍성에 왔다
는 이야기는 전해들은 터였다.

'그런데 왜?'

홍원은 고개를 갸웃거렸다.

자신의 동생들이 무슨 까닭으로 이곳에서 무공 수련을 하고
있는 것인지 알 수 없었기 때문이다.

자신이 알기로는 홍산은 공부에 뜻이 있지 무공에는 관심이
없었다. 언젠가 지나가는 말로 물었을 때도 홍산은 공부가 하
고 싶다 했었다.

그런데 저렇게 열심히 무공 수련을 하다니, 알 수 없었다.

지금 홍산이 수련하고 있는 것은 사상권법(四象拳法)이다. 무
림의 대부분의 문파들이 수련생들의 입문공으로 사용하는 권
법이다.

홍해가 익히고 있는 심법도 무림인이라면 누구나 알 수 있는
기초심법이었다. 삼재심법(三才心法)이라는 심법으로 어지간한
서점에 가도 그 책을 구할 수 있는 심법이었다.

'그렇다고 책만 봐서는 절대 익힐 수 없는 심법이지만.'

내공을 느끼는 것은 타고난 재능을 가진 사람이 아니면, 책만 읽어서는 절대 할 수가 없다. 누군가가 먼저 이끌어주어 내공을 느끼게 해주어야 한다.

책만으로 쉬이 익힐 수 있었다면, 세상에 내공 없는 사람이 없었을 것이다. 이끌어주는 사람이 있다 하더라고 내공을 느끼고 쌓는 것은 지극히 어려운 일이다.

홍원의 시선이 모용연을 향했다.

'저 사람이 도움을 줬겠지.'

홍원은 잠자코 지켜보았다.

어둠이 사위에 살짝 깔릴 때쯤. 아이들의 수련이 끝을 맺었다.

하지만 모든 것이 끝은 아니었다.

홍산은 모용혜와 함께 어디론가 갔고, 홍해는 웃으며 묵린과 함께 있었다.

홍원은 조용히 두 아이의 뒤를 따랐다.

두 아이가 하는 양을 본 홍원은 고개를 끄덕였다.

홍산이 모용혜에게 학문을 배우고 있었다.

홍원이 가만히 그 하는 양을 보니 모용혜의 학식은 대단했다. 사부께 어깨너머로 배운 학문이 전부인 홍원보다도 훨씬 높은 경지를 이루고 있었다.

'과연. 자홍선지초를 그토록 찾은 이유가 저 아이의 병환이 절맥이었던 모양이군.'

홍원도 알고 있다. 절맥을 앓고 있는 여인들의 숙명과 그 재능을 말이다.

이곳에서 아이들이 무공을 배우는 것은 아마도 저 아이와 연관이 있는 듯했다.

홍원은 이만 돌아가야겠다는 마음을 먹고 밖으로 빠르게 움직였다.

그때 아주 작은 기척을 흘린 듯했다.

묵린이 귀를 쫑긋 세우고 일어나며 코를 킁킁거리기 시작했다.

묵린이 그 기척을 읽은 것이다.

"멍멍!"

묵린이 꼬리를 흔들며 짖었다. 그러고는 한쪽으로 달려갔다.

이제는 홍원이 읍성에 들어오더라도 묵린은 별반응을 보이지 않았다. 홍원이 그렇게 시켰기 때문이다.

하지만 이번에는 바로 근처에 와서 묵린에게 들켰으니 묵린이 저러는 것이다.

"응? 갑자기 묵린이 왜 저러니?"

모용연이 홍해에게 물었다. 요 며칠간 계속 같은 일상이 반복되었지만 묵린이 저러는 것은 오늘이 처음인 탓이다.

"오라버니께서 오신 모양이에요!"

홍해가 얼굴 가득 반가움을 띠고는 말했다. 묵린이 저렇게 반응을 할 일은 그 한 가지뿐임을 알고 있었기 때문이다.

홍해는 묵린과 함께 뛰어갔다. 둘이 향하는 곳은 이 저택의 대문이었다.

'어쩔 수 없나?'

조용히 집으로 가서 어머니와 함께 기다릴 생각이었는데, 묵린이 저러니 아이들과 함께 가야겠다고 마음먹었다.

그래서 저택의 대문과 조금 떨어진 곳에 서 있었다.

금세 문이 열리고 홍해와 묵린이 뛰어 나왔다.

"오라버니!"

홍해가 짧은 다리로 열심히 달려 홍원의 품에 폭 안겼다.

"잘 지내고 있었지?"

홍원은 웃으며 홍해의 머리를 쓰다듬었다. 어느새 곁에 다가온 묵린이 홍원의 허리에 머리를 비볐다.

"네! 이제 오신 거예요? 그런데 제가 여기에 있는 줄은 어찌 아셨어요?"

홍원이 홍해를 바닥에 내려놓는데 쉬지 않고 물음이 쏟아졌다.

"종현이네 집에 짐을 두고 이제 집으로 가는 길에 이곳을 지나는데 묵린이 녀석 소리가 들려서 잠시 서 있었다."

홍원의 대답에 홍해는 묵린의 머리를 쓰다듬었다.

"잘했어. 묵린아."

그러나 홍원을 바라보는 묵린의 눈은 묘했다. 마치 네가 무슨 일을 했는지 다 알고 있다는 눈이다.

묵린이 홍원의 기척을 느끼고 주변의 냄새를 맡고는 알아차린 것이다. 한참을 저택에 있었음을. 곳곳에 홍원의 냄새가 남아 있었으니 당연한 일이다.

"오랜만에 뵙는군요."

그때 모용연이 나타났다.

"아, 오랜만에 뵙습니다. 소저. 혹 제 동생이 폐를 끼치고 있었던 것은 아닌지요?"

홍원이 포권을 취하며 정중히 인사를 건넸다. 모용연 역시 정중히 인사를 건넸다.

"아니에요. 오히려 제가 지난번에 너무 무례했지요. 늦었지만 정중히 사과드릴게요. 그리고 홍해는 제 동생의 친구로 잠시 저희 집에 와 있는 거예요. 아주 좋은 친구라 늘 고맙게 여기고 있어요."

모용연이 따뜻한 눈으로 홍해를 바라보았다. 그 눈빛에 홍해는 그저 방실방실 웃었다.

"아, 홍산이도 함께 있어요. 지금 제 동생과 함께 공부하고 있답니다. 잠시 들어오셨다 아이들과 함께 가시는게 어쩌세요?"

모용연의 권유에 홍원은 저택으로 들어섰다.

"감축드립니다, 련주."

"고맙네, 군사."

아무도 없는 넓은 대전. 태사의에 앉은 인물과 그 아래 서 있는 인물, 두 사람은 서로를 바라보며 싱긋 웃었다.

태사의에 앉은 인물은 새로이 숭무련의 련주가 된 공야무(公

冶武)였다.

숭무련의 세 명의 부련주 중 한 명이었던 공야무가 오랜 공백의 자리였던 련주의 위치에 오른 것이다.

전대문주 신도운악(申屠雲渥)의 사후 숭무련의 련주는 오랜 시간동안 공석이었다.

흉수를 처리한 후에야 새로운 련주를 뽑을 수 있다는 부련주 쪽과 일단 새로운 련주를 뽑고 흉수를 처리하자는 부련주 쪽의 팽팽한 대립 때문이었다.

하지만 시간은 흐르고, 흉수인 죽림의 종적을 찾을 수가 없자 일단 새로운 련주를 뽑자는 쪽으로 기울었다.

언제까지 숭무련의 련주를 공석으로 둘 수는 없었기 때문이다.

해서 초여름의 련주 시해 사건 이후 늦겨울이 된 지금에야 새로운 공야무가 새로운 련주가 되었다.

공야무가 련주가 된 후 가장 먼저 발탁한 인물이 선문강이었다.

군사부의 부군사였던 그가 단번에 숭무련의 군사가 된 것이다.

신도운악 사후 숭무련 내부는 그야말로 폭풍이 휘몰아쳤다.

비어 있는 련주 자리를 노린 이합집산이 반복되었다. 그 혼란 속에서 서로 손을 잡은 두 사람이었다.

선문강의 도움으로 결국 공야무가 련주의 자리에 오를 수 있었던 것이다.

"그래. 선 군사. 죽림은 아직도 그 종적이 묘연한 것인가?"

"네. 찾을 수가 없습니다. 북해 쪽에서 그 비슷한 흔적이 있는 것 같기는 했는데… 죽림인지 확신할 수는 없습니다. 더군다나 천선문 쪽 무사들이 한동안 북해에 깔려 있어서 제대로 조사를 하지 못했습니다."

"천선문이? 그들이 왜?"

공야무의 물음에 선문강은 고개를 저었다.

"알 수가 없습니다. 항시 신비 속에 감추어 움직이던 그들이요 몇 년 사이 급격히 세를 불리고 있습니다. 그 일환이 아닐까 합니다만……."

선문강이 말끝을 흐렸다.

"흐음. 나도 예전부터 그 점이 걱정이야. 천선문은 결국은 황제의 검이야. 그 검이 점점 커지고 있어. 그리고 그 끝이 어디를 향할지는 알 수 없는 노릇이지."

"그리고 사강도와 송림은 향산으로 도망친 듯 합니다."

"놓쳤다고 봐야겠군."

"어디로 가든 그들은 죽을 겁니다. 북면이든 남면이든."

선문강은 마치 이미 그들이 죽었다는 듯 말했다.

공야무도 그 의견에 동의한다는 듯 고개를 끄덕였다. 그는 그럴 수 있었다.

향산 북면과 남면 모두 다녀온 몇 안 되는 생존자 중 한 명이었기에.

"그것보다, 진짜 흥수를 찾는 것은 어찌되어 가는가? 죽림에게 의뢰를 넣은 녀석 말이야."

그 말에 선문강이 고개를 저었다.

"도무지 알 수가 없습니다. 련주께서도 아시지 않습니까? 신도 련주께서는 죽림 같은 살수에게 그리 돌아가실 분이 아니신 것을 말입니다."

선문강의 말에 공야무는 묘한 눈빛을 했다.

"사람 속은 모르는 것이니… 알 수가 없지. 죽림이라는 놈이 움직일 때는 늘 이유가 있었으니까."

공야무는 전대 련주보다 죽림을 더 믿는다는 듯 말했다.

"일 리가 있는 말씀입니다만… 그럴수록 더 파고들면 안 될 듯합니다."

선문강이 고개를 숙이며 낮게 말했다.

공야무는 그 말의 의미를 알아들었다.

흉수를 찾아내는 것이 오히려 숭무련의 얼굴에 먹칠을 하는 결과를 만들 수도 있는 것이다.

죽림까지만 처리하고 나머지는 조용히 묻어두는 것이 나을 수도 있는 일이다.

'그리고 그 덕에 내가 련주에 오르기도 하였고.'

손에 가려진 입술은 미소 짓고 있었다.

"알겠네. 이만 나가보게나."

"알겠습니다."

공야무의 말에 선문강은 뒤로 물러났다.

잠시 후 홀로 있는 공야무를 찾아온 여인이 있었다.

전대 련주의 여섯 번째 제자, 단리유화(段里柳花)였다.

"무슨 일이냐?"

"이제 련을 좀 떠나 있고 싶어서, 허락을 구하러 왔습니다."

단리유화의 말에 공야무는 잠시 말이 없었다.

그녀는 이미 예전부터 련을 떠나려 했다.

신도운악의 장례식이 끝난 후부터 련의 수뇌부에 잠시 숭무련을 떠나 있고 싶다고 수차례나 요청을 했으나, 련주가 시해된 후 그 제자가 련을 떠나 있는 것은 타 세력이 보기에 좋지 않다는 이유가 늘 거부당했다.

하지만 이제 새로운 련주가 탄생했다.

전대 련주의 제자들은 그 위치가 애매해졌기에, 단리유화가 다시 한번 요청하는 것이다.

결국 공야무는 허락했다.

새로운 련주가 된 그의 입장에서 전대 련주의 제자들이 거북한 것은 사실이었다. 더욱이 전대 련주의 열 명의 제자들 전부 공야무의 경쟁자였던 태고령(太高嶺) 부련주를 지지했었다.

거북할 수밖에 없었다.

태고령은 련주 시해 이후 분노에 가득차 흉수를 찾고, 그에 조금이라도 연관된 자들을 모조리 처단했다.

은살림이 그렇게 사라졌다. 그런 그를 옆에서 적극 도운 이가 선문강이었다.

그런 선문강이 공야무 자신과 손을 잡은 것이 의외이긴 하였으나 각자 서로의 야망을 도운 것이라 생각했다.

"갈 곳은 정하였느냐?"

공야무가 물었다. 그럴 수밖에 없었다. 단리유화는 고아였다. 전대 련주의 제자들 중 유독 고아가 많았다.

그는 천하를 돌아보겠다고 잠시 련을 떠날 때면 항시 고아인 아이 한둘을 데리고 와 제자로 삼았다.

련 내의 권력 관계 때문에 받아들인 제자들 말고 나머지는 모두 그렇게 들인 제자였다.

"생각해 둔 곳은 있습니다."

단리유화가 짧게 대답했다.

"알았다. 가보거라."

공야무의 말에 단리유화는 대전을 벗어났다.

며칠 후.

단리유화는 거대한 숭무련의 정문을 벗어났다.

선문강은 자신의 집무실에서 그 소식을 들었다.

'떠나는 것이냐? 살기 위해서냐? 죽기 위해서냐?'

그런 선문강의 입가에 스산한 미소가 떠올랐다.

*   *   *

이제 완연한 어둠이 내렸다.

홍원은 두 동생들과 함께 집으로 향했다. 모용연의 집에서 홍원의 집까지는 그리 멀지 않았다.

잠시 읍성을 떠난 사이의 변화라고 하면 거리 곳곳에 등불이 생겼다는 것이다.

모용연이 추진한 일이라고 한다. 예전에는 그믐날이나, 달이 작거나 구름 낀 날은 거리가 어두워 불편함이 많았다.

이렇게나마 곳곳에 등불을 켜두니 한결 좋은 것 같았다.

"무공을 배우는 건 어떠냐?"

"잘 모르겠어요."

"전 재미있어요!"

홍산과 홍해는 각기 다른 대답을 했다.

"한데 산이는 왜 계속 배우는 것이냐?"

"약속을 했으니 지켜야죠. 그리고 혜에게 학문을 배우는 것은 무척이나 즐겁습니다."

모용혜의 이야기를 할 때 홍산의 입가에 작은 미소가 감돌았다. 과연 학문 때문에 생긴 미소일까.

'녀석.'

홍원은 그 미소 속에 자리한 다른 이유를 느낀 듯이 슬쩍 웃음 지었다.

"해아는 무공이 재미있다고?"

"네! 학관에서 공부하는 것보다 훨씬 재미있어요. 배 속에 따스한 기운이 움직이는 걸 보고 있으면 얼마나 신나는데요."

그사이 홍해가 더욱 활발해져 있었다.

심법을 수련해서 그렇다고 생각하기에는 겨우 며칠이다.

점점 밝아지는 동생의 모습에 홍원도 덩달아 기분이 좋았다.

"그럼 무공은 언제까지 배울 생각이야?"

"모용 누님 말씀이 저희가 배우는 것들은 성현성 무관에만 가도 가르치는 것들이라고. 그냥 꾸준히 수련하면 된다고 하시더라고요. 건강에 좋을 거라고요."

"맞는 말이구나."

"그래서 건강을 위해서 계속 수련해 보려고요. 공부를 하려면 체력이 가장 중요하다고 해서요."

홍산이 머리를 긁적이며 말했다.

"누가?"

홍원의 물음에 대한 답은 홍해가 했다.

"혜아가요."

홍산의 얼굴이 살짝 붉어졌다.

어둠 속이었기에 길가에 세워진 등불이 비쳐 붉어진 것처럼 보였다.

그러나 홍원은 그런 것이 아니라는 것을 알았다.

그저 다시 웃을 뿐이다.

홍원이 집에 돌아오자 어머니가 만면에 웃음을 띠고 맞아주셨다. 그런 어머니의 눈가는 촉촉이 젖어 있었다.

걱정이 많으셨을 것이다.

홍원은 내색하지 않았다. 자신이 그저 이렇게 건강한 모습으로 웃고 있는 것이 효도라는 것을 알기 때문이다.

제법 늦은 저녁 식사였지만, 모처럼 온 가족이 둘러앉아 먹었다.

그래서 더욱 따뜻하고 더욱 맛있었다.

다음 날.

홍원은 동면의 수련 장소로 향했다.

상행에 관한 것이야 이제 종현이 알아서 할 일이니 자신이 도와줄 것은 없을 거라 여겼다.

무엇보다 다시 한번 천선의 비급을 보고 싶었다. 이번 상행에서 얻은 깨달음이 또 어떤 변화를 가져왔을지 궁금했다.

그런 홍원의 마음만큼 그 걸음은 빨랐다.

동면에 들어온 순간, 평소와 다르게 산의 길을 이용했다. 순식간에 그곳에 도착한 홍원은 바위를 치워 비급을 꺼냈다.

천천히 읽기 시작했다.

과연 천선은 볼 때마다 새로웠다. 홍원은 비급 속으로 깊이 빠져 들었다.

그렇게 한나절을 보냈다.

지난번처럼 무아지경에 빠진다거나, 환골탈태를 한다거나 하는 깨달음은 없었다.

단지 무공의 깊이가 더욱 깊어졌을 뿐이다.

홍원은 만족스러웠다.

새로운 경지로의 첫 발을 디딘 것만 같았다.

천선이라는 무학은 아마도 자신이 죽을 때까지 궁구하고 궁구해야 할 숙제 같았다. 하나의 계단을 오른 후 찾으면 새로운 계단을 보며 주고 있었다.

홍원이 새로이 마주한 벽.

그 벽도 언젠가는 넘을 수 있을 거라는 생각이 들었다.

노을이 질 무렵 홍원은 비급을 다시 잘 숨겨두고 절벽을 올랐다.

'그러고 보니 검을 맞춰야 할 텐데……'

이제 병기는 검을 사용하기로 마음을 먹었다.

그런데 과연 읍성에 자신이 만족할 만한 검을 만들어줄 대장장이가 있을지 의문이었다.

최소한 성현성으로 가야 하지 않을까 그런 생각이 들었다.

그 생각이 든 순간 홍원은 고개를 휘휘 저었다.

"아직 멀었구나. 병기에 얽매이지 않기로 하고는 금세 명검을 찾다니. 그러면 굳이 검을 잡는 이유가 없어."

홍원은 나직이 중얼거렸다.

깨달음을 얻었다 하나, 그것이 곧 자신과 완연히 하나가 되기에는 갈 길이 멀었다.

그래서 수련을 해야 한다.

갑자기 수련에 대한 욕구가 활화산같이 일었다. 그러나 잘 눌러야 한다. 지금은 집으로 갈 시간이다.

어둠이 내리기 전에 성내로 들어간다면 대장간에 들릴 시간이 있을 것이다.

이제 봄이 오려는지, 해가 많이 길어진 덕이다.

그렇게 동면을 내려와 읍성으로 향하는 중에 홍원은 멈칫했다.

누군가가 동면을 향해 오고 있는 기척을 느낀 것이다.

"이 시간에?"

읍성의 주민들이라면 이 시간에는 성문을 나서지 않는다. 향산 동면에 올랐다가는 성문이 닫히기 전에 돌아오지 못하기 때문이다. 쪽문이 있다지만, 쉬이 이용하려 하지 않았다.

자신과 같은 약초꾼이나 사냥꾼들이나 간간히 동면에서 밤을 보내지만, 그렇다고 이 시간에 출발하지는 않는다.

잠시 걸음을 옮기던 홍원은 멈칫 했다.

예전에 마주친 적이 있는 기운의 여인이었다. 당시에 남장을 하고 복면으로 얼굴을 가렸기에 그 얼굴을 알 수는 없었다.

하지만 기운은 기억을 해뒀었다.

여인 역시 눈에 이채를 띠었다.

이 시간에 산에서 내려오는 사람을 마주치리라 생각지 못한 듯했다.

두 사람은 아무 말 없이 서로를 지나쳤다.

홍원은 그렇게 읍성으로 돌아와 곧장 대장간으로 향했다.

사냥을 나갈 때면 화살을 사서 가던 대장간이다. 지난번에 사용하던 창도 이곳에서 샀었다.

이제 마칠 시간인지, 손님도 점원도 없었다.

찬찬히 보니 생각보다 괜찮은 품질의 무기들이 있었다.

예전에 올 때는 검 쪽으로는 시선도 두지 않았었다. 이제는 마음에 드는 녀석을 찾아볼까 하고 둘러봤지만 검이 그렇게 많지는 않았다.

"검을 보는 게냐?"

오늘 일을 정리하던 참이었는지, 얼굴 가득한 땀을 닦으며 대장장이 황 노인이 나왔다.

"네. 황 어르신."

"검이라는 것은 사냥하는 데는 썩 좋은 병기는 아니다만?"

황 노인의 물음대로다.

검이라는 것은 사람을 죽이기 위한 병기이지 사냥을 위한 병기는 아니다.

먼 거리에서 쏘는 활이나, 간격이 긴 창이 사냥에 적합한 무기다. 아마도 그 이유 때문에 이곳에 검이 별로 없는 것 같았다.

"화살로 잡아놓고 숨통 끊을 때 쓰려고요."

홍원은 그럴듯한 핑계를 대었다.

"흐음. 그렇게 사용하려면, 난 차라리 도를 권하고 싶다만."

두껍고 무거운 도로 단번에 내리쳐 숨통을 끊는 것이 검을 사용해 찌르거나 베는 것보다는 낫다는 의미다.

"그렇긴 한데… 그래도 왠지 검에 눈길이 가네요."

"그 어른 때문이냐?"

황 노인도 홍원의 사부를 만난 적이 있었다.

이곳에서 검을 손질한 적이 있었기 때문이다. 당시의 황 노인은 노인이라 불리기에는 젊은 중년의 나이였다.

"뭐, 그렇지요."

홍원이 머쓱한 웃음을 지었다.

"그렇다면 기다려 보거라."

그러면서 황 노인이 대장간 안으로 들어갔다.

잠시 후 그는 상자 하나를 가지고 나왔다.

"사실 그때 어른의 검을 손질하면서… 촌구석 대장장이답지 않게 영감 같은 걸 느껴 버려서 말이다. 소일거리 삼아 틈틈이 만들었던 물건이다. 작년쯤에 완성했는데, 너도 알다시피 이 마을에는 이런 물건을 쓸 사람이 없지 않느냐. 그렇다고 멀리 팔기도 뭣하고 해서 그저 두고만 있었다."

황 노인의 설명에 홍원은 조심스레 상자의 뚜껑을 열었다.

그곳에는 새까만 빛을 발하는 묵강장검 한 자루와 그 검집이 옆에 놓여 있었다.

"묵철인가요?"

홍원이 홀린 듯 검을 바라보며 물었다.

"그렇지. 예전에 인연이 있어서 구했던 향산 서면 묵철을 사용했다."

묵철은 향산의 특산품 중 하나였다.

그 광맥이 서면에서만 발견이 되어, 정확히는 서면의 특산품이었다.

중원에서는 서면으로 가는 길이 막혀 있어, 주로 천화국의 특산품으로 사막을 횡단하는 상단을 통해 중원으로 들어오곤 했다.

"귀한 물건이네요."

홍원이 담담히 말했다.

"가지고 가거라."

"네?"

황 노인의 말에 홍원이 놀라서 고개를 번쩍 들었다.

"어차피 이곳에 이 검을 쓸 만한 사람이 너밖에 없지 않느냐?"

뭘 그러느냐는 얼굴로 황 노인이 말했다.

"하지만 저는……."

홍원이 말끝을 흐렸다.

"떠돌이 약장수에게 속았다고?"

황 노인이 읍성에 떠도는 홍원에 대한 소문을 말했다.

홍원을 아는 사람들 사이에 알음알음 퍼진 소문이다.

황 노인이 피식 웃으며 손을 내저었다.

"내가 시골 촌구석 대장장이긴 하다만, 그래도 물건을 볼 줄 아는 눈은 가졌다고 생각한다. 그런 검을 사용하는 분이 단순한 약장수일리는 없지. 아까 말하지 않았느냐? 그 검을 손질하다가 영감을 얻었다고 말이다."

황 노인은 어느새 담뱃대에 불을 붙이고는 한숨 깊게 빨아들였다.

"후우."

그의 입에서 담배 연기로 길게 뿜어져 나온다.

"다른 사람들은 몰라도 나는 안다. 그 어른의 검을 직접 만져봤으니까. 그래서 이 물건을 만들면서도… 언젠가 네가 돌아오면 줄까 하고 생각도 했었다."

이 대장간은 홍원의 아버지도 늘 이용하던 곳이다.

"장 엽사… 그 친구에게서 네가 그 어른의 제자가 되어 떠났다는 이야기를 들었을 때, '좋은 인연을 만났구나' 그리 생각했었다."

"어르신."

"네가 돌아왔다는 소식을 들었을 때, 언제고 찾아오면 주려고 했었는데… 처음 활과 화살을 주문하러 왔을 때의 모습을 봐서는 망설여지더구나. 그 후 네 녀석 소문도 들리고 말이다. 난 그럴 리가 없다고 생각했다만."

황 노인은 다시 한번 담뱃대를 입에 가져갔다.

"후우. 그래서 기다렸다. 네가 검을 찾기를. 한데 도통 찾아야 말이지. 원."

그런 황 노인의 두 눈에는 책망의 빛이 어렸다.

"네가 무슨 생각으로 그러는지 모르겠다만. 네 사부 되시는 어른은 감히 나 같은 촌무지렁이는 가늠도 할 수 없을 정도로 대단한 분이실 게다."

황 노인의 말에 홍원은 아무 말도 할 수 없었다.

"그런 어른께 아무거나 배워 오지는 않았을 터. 네가 이제 검을 찾으니 내가 이걸 내주는 거다."

그러면서 황 노인이 홍원에게 눈짓을 했다. 어서 검을 잡아 보라는 의미다.

홍원은 잠자코 손을 뻗어 검병을 쥐었다.

손에 착 감겼다.

마치 원래 홍원의 검과 같이 느껴졌다.

생소한 느낌이다.

지금까지 잡아본 검에서는 느껴보지 못한 감각.

마치 홍원을 위해 만들어진 검 같았다.

"어떠냐?"

"좋습니다. 아주 좋군요."

홍원이 나직이 대답했다.

황 노인은 그 목소리에 담긴 진심을 느낄 수 있었다. 대장장이로서 저보다 더한 칭찬은 없었다.

"그러면 되었다. 가지고 가거라."

"어찌 이리 귀한 걸……."

홍원이 망설이자 황 노인은 손을 휘휘 내저었다.

"물건에는 주인이 있는 법이다. 내 아까 말하지 않았더냐. 그러니 어서 가지고 가거라. 나도 이제 마저 정리하고 집으로 가야지."

어느새 어둑어둑해져 있었다.

"감사합니다."

홍원이 할 수 있는 것은 감사의 인사뿐이었다.

"그래. 잘 쓰도록 해라. 아, 그 녀석 이름은 흑운(黑雲)이다."

과연 검병에 흑운이라는 두 글자가 음각되어 있었다.

"알겠습니다, 감사합니다."

홍원은 다시 한번 인사를 남긴 후 걸음을 옮겼다.

단순한 철검 한 자루 구할까 하고 들렀던 대장간에서 아주 귀한 인연을 만나 버렸다.

그 덕에 괜히 가슴이 들떴다.

이런 기분은 무척 오랜만이었다.

어서 이 녀석을 휘둘러보고 싶다는 생각이 들었다.

이런 인연이 있을 줄 알았으면, 아침에 동면으로 향하기 전에 대장간에 들러볼 걸 그랬나 하는 생각도 들었다.

당장에라도 검을 휘둘러보고 싶은 흥분을 하룻밤 동안 어찌 억누를까 고민이었다.

어제도, 그리고 오늘도.

밤을 보내는 것이 무척 힘들 것 같았다.

집으로 돌아오니 아직 홍산과 홍해는 귀가 전이었다.

"홍원이 왔구나."

마당을 정리하시던 어머니께서 홍원을 반겼다.

"늦었습니다."

"오늘도 건강히 잘 왔으니 되었다."

어머니께서 웃으며 말하셨다. 그런 어머니의 시선이 홍원의 왼손에 머물렀다. 검을 본 것이다.

"대장간에 다녀왔구나."

검을 본 순간 다 안다는 듯 어머니께서 말씀하셨다.

"네."

"황 노인이 너 떠나고 아버지께 그러셨단다. 아주 좋은 인연 만나서 떠난 거라고. 큰 인물이 되어서 돌아올 거라고. 그때 줄 선물 하나 만들어야지 그러셨단다."

어머니께서도 알고 계신 모양이다.

"네가 그렇게 돌아와서, 내 너에게 아무 말도 하지 않았다만… 어르신께 감사하고도 감사하구나."

어머니는 여전히 사부께 감사하다고 하셨다. 홍원이 집을 떠나고, 아버지께서 돌아가시고, 그 고생을 하시며 사셨는데도 말이다.

"어르신께 부끄럽지 않은 그런 사람이 되어야 한다."

마지막으로 이어지는 당부였다.

"네."

듬직한 아들의 대답에 어머니는 웃으며 고개를 끄덕이고는 부엌으로 들어가셨다.

"다녀왔습니다!"

그때 홍산과 홍해의 목소리가 들렸다.

"어서들 오너라. 조금만 기다렸다가 저녁 먹도록 하자꾸나."

부엌에서 어머니의 외침이 들렸다.

오늘도 평화로운 저녁이다.

이 평화로움이 너무나도 좋았다.

第八章
청하지 않은
　　　　　방문

"크아. 좋다!"

진구가 탁주 한 사발을 들이켜고는 크게 외쳤다.

"조용히 좀 마시자."

종현이 한마디를 했다. 하지만 진구는 아랑곳하지 않았다.

"내가 기분이 너무 좋아서 그런 거니까. 그러지 마라."

"나도 그렇다. 기분이 좋아."

진구의 말에 철우가 맞장구를 쳤다.

"하긴 우리 다섯이 모두 모인 게 얼마 만이냐."

종현 역시 웃으며 말했다.

"십오 년. 아니, 이제 해가 바뀌었으니 십육 년이지. 아주 오랫동안 고향 떠나계시던 어느 분 덕분에 말이야. 크크크."

진구가 홍원을 보며 말했다.

"미안하다, 미안해."

홍원이 탁주 한 사발을 주욱 마시고는 말했다.

"어쨌든 이러고 있으니 좋구나."

비영이다.

오랜만에 휴가를 얻어 읍성으로 왔다. 이 년 만의 방문이다.
그래서 모처럼 모두 모였다.

늘 가던 주막이다. 아직 추운 날임에도 그들은 마당 평상에
앉아 있었다.

추위를 생각해 마당 한쪽에 화톳불을 피워두었으나 그래도
바람은 차다. 하지만 이들은 그런 추위에도 아랑곳하지 않았
다.

"더군다나 종현이 녀석 일이 잘 해결됐으니, 더 좋구나."

진구가 무척 기분이 좋은 듯 계속해서 술을 들이켰다.

"그러고 보니 천화국에 다녀왔다지? 성현에 가져다 팔 거야?"

비영이 물었다.

"그래야지. 더 멀리 가지고 가서 팔고 싶은데… 지금은 당장
물건 처분해서 현금을 만들어야 할 때라."

"성현까지 운반은? 또 홍원이랑 둘이 하려고?"

비영의 물음에 홍원이 고개를 저었다.

"난 여기까지 도와주기로 했다."

"그건 나한테 맡겨."

철우가 나섰다.

"선금 없이 운반해 주마."

철우의 말에 종현이 고개를 저었다.

"네가 아무리 표두라도 어느 표국이 선금 없이 운송을 해. 네 녀석 돈 넣으려는 거지?"

종현의 물음에 철우는 대답하지 못했다. 그 말이 사실이었기에.

"걱정마라. 너네 표국에 물건 맡길 돈은 있다."

돌아오는 여정에 목이문에 들러 향신료를 팔고 대금으로 받은 금이 있었다.

그 금이 무척이나 요긴하게 쓰일 듯했다.

당장 상단 일꾼들을 다시 고용하는 데 쏠찮이 사용했다.

상단 일꾼이 급하게 필요한 것은 아니지만, 이번에 성현만 다녀오면 다시 상단 건물도 매입하고, 사람도 새로 고용해야 했다.

이왕이면 예전부터 오랫동안 상단에서 일해 온 이들을 다시 모으려고, 그들에게 선금으로 미리 월봉을 준 것이다.

그들도 먹고살아야 했기에, 마냥 자신이 상단을 다시 시작하는 것을 그냥 기다려 달라는 것은 그들에 대한 예의가 아니었다.

"참. 여기 좀 가져 왔다. 어떤지 한번 봐라. 성현 제일 숙수."

"성현 제일은 무슨……"

종현의 너스레에 비영은 머쓱한 얼굴로 머리를 긁적였다.

종현이 내민 네 개의 작은 종이에 쌓인 향신료들은 무척이나 좋았다.

"상등품 중에서도 상등품이네. 향신료 보는 안목이 있구나."

비영은 숙수의 입장에서 솔직히 말했다.

"공부 많이 했다. 최상등품까지는 아직 공부가 부족해서 손을 대지 않았다만, 그 정도 물건은 이제 계속 취급할 수 있을 거야."

종현이 자신만만하게 말했다.

"이거 우리 객잔에도 좀 납품해 줄 수 있을까? 지금 쓰고 있는 향신료보다 좋은데."

"얼마든지! 네가 있는 곳인데 그 정도 못 해줄까."

종현이 흔쾌히 말했다.

"녀석. 너 좀 변한 것 같다."

비영이 피식 웃으며 말했다.

"내가?"

종현이 절대 아니라는 듯 고개를 저었다. 그러나 그와 홍원을 제외한 나머지 셋은 고개를 끄덕였다.

"맞아."

"변했다."

"이번 시련이 제법 좋은 공부가 된 모양이야."

각각 한마디씩 하는 세 사람.

홍원이 알고 있는 종현의 모습은 십오 년 전의 그것이 전부였기에 딱히 별말을 하지는 않았다.

"쳇."

세 친구의 말에 종현은 그저 애꿎은 탁주만 들이켰다.

"비영이 넌 어떠냐?"

종현이 탁주 사발을 내려놓으며 비영에게 물었다.

"뭐가?"

"뭐긴. 그 소저랑 말이다."

종현의 직설적인 물음에 비영은 멈칫했다. 그리고 이내 얼굴이 벌게졌다.

"나이 서른하나에 얼굴 벌게져서. 쯧쯧."

그 모습에 종현이 혀를 찼다.

이 자리에 혼인을 한 사람은 종현 하나였다.

"그나마 비영이 이 녀석은 마음에 둔 사람이라도 있지, 철우랑 진구, 홍원이. 너희 셋은?"

종현의 화살이 이번에는 철우와 진구, 홍원을 향했다.

아무래도 조금 전의 복수인 듯했다.

세 사람은 그저 딴청만 피웠다.

"총각이 좋다."

철우가 그 와중에 묵묵히 말했다.

"그럼, 그럼."

진구가 맞장구를 쳤다.

"에휴. 어린 녀석들."

종현이 고개를 절레절레 저었다.

"네가 해준 말이다."

다시 돌아온 철우의 말.

"그렇지, 그렇지."

진구가 이번에도 고개를 끄덕이며 추임새를 넣었다.

"이 말 제수씨에게 그대로 전해줘도 되겠냐?"

철우의 마지막 공격이 종현에게 들어갔다.

"쳇."

이번에도 종현이 졌다. 애꿎은 탁주만 다시 종현의 목구멍으로 넘어갔다.

홍원은 가만히 지켜보며 그저 웃고 있었다.

"그러고 보니 너. 너도 그 경천회에서 온 소저랑 그렇고 그렇다며?"

진구가 홍원을 보며 물었다.

"무슨 소리냐?"

홍원이 고개를 갸웃거리며 물었다. 자신이 모용연과 마주한 것은 읍성에 돌아온 첫날이 전부였다.

"홍산이가 그러던데……."

진구가 말끝을 흐렸다.

"산이가?"

홍원의 물음에 진구가 고개를 끄덕였다. 홍원이 피식 웃었다.

"내가 아니고 그 녀석이 그럴 텐데… 애꿎은 형을 파는구나."

홍원이 탁주 한 모금을 마시고 말했다.

"산이가?"

진구가 되물었다. 이번에는 홍원이 고개를 끄덕였다.

그러고 보니, 그 사람들 작은 아가씨 휴양차 이곳에 왔다는 소문이 돌았다.

홍산과 홍해랑 무척이나 친하게 지내는 그 아가씨.

"쩝. 좋을 때구만."

모용혜를 떠올린 진구가 중얼거렸다.

"다 그럴 때가 있는 거지. 나도 그 나이 때 그랬거든."

종현이 그립다는 듯 말했다.

"그때면, 제수씨를 알기 전일 텐데……."

낮은 철우의 목소리.

종현은 냉큼 입을 닫았다.

"종현이 잡는 건 철우구나. 하하하."

비영이 즐겁다는 듯 크게 웃었다.

그렇게 다섯 친구의 오랜만의 술자리는 시간을 잊고 계속되었다.

그 와중에 홍원은 비영을 유심히 살폈다.

웃음 속에 어린 작은 근심이 보였기 때문이다.

'무슨 일일까?'

궁금했으나, 자리가 아니었다. 나중에 조용히 물어봐야겠다고 마음먹었다.

몰골이 말이 아니다.

나름 자신을 가지고 북면이라는 곳으로 향했다. 영약과 영초가 많다는 이야기를 들었기 때문이다.

지금은 어떻게 해서든 힘을 키울 때다.

그래야 살아남을 수 있을 테니까.

설마 선문강이 군사가 될 것이라고는 상상도 하지 못했다.

'그가 은살림의 죽림에게 의뢰할 수 있는 방법을 알려줬었어.'

단리유화는 거친 숨을 진정시키며 생각에 잠겼다.

'나에게 접근해서 그걸 알려줬다는 것은, 그도 사부의 악마같은 그 모습을 알고 있었다는 뜻. 결국 난 그자의 차도살인지계에 이용된 칼일 뿐이야.'

너무 순진했다.

사부에 대한 깊고 깊은 복수심 때문에, 그가 무슨 목적으로 자신에게 은살림에 대해 흘렸는지 깊게 생각하지 못했다.

그저 죽림이라는 살수가 사부를 죽일 수 있기만을 바랐을 뿐.

막상 사부가 그리 허무하게 죽었을 때는 얼떨떨했다.

'오천존 중 붕뢰권황(崩雷拳皇) 신도운악이 그렇게 죽을 거라고 누가 예상이나 했을까.'

그 때문에 승무련은 혼란에 휩싸였다. 그리고 그 혼란이 진정되면서 련의 인사들의 움직임을 보며 단리유화는 자신이 이용당했음을 깨달았다.

자신과 몇몇 사형, 사자, 사제, 사매들의 비밀을 아는 자에 의해서 말이다.

그는 치밀했다.

그중에서도 가장 독기가 강했던 자신을 선택해서 그 정보를 흘렸으니까.

과연 숭무련의 군사 자리에 오른 선문강이었다.

그 모든 걸 깨닫는 순간 숭무련을 떠났다. 언젠가 그는 자신을 죽이려 할 것이다.

사부의 죽음을 의뢰한 천인공노할 악녀가 자신이니까.

세상 사람들에게는 그렇게 이야기 하겠지. 그리고 죽이겠지.

단리유화는 절대 그렇게 당할 수가 없었다. 그랬기에 련을 떠났다.

아직은 선문강이 자신에게 사람을 붙일 수 없을 때다. 이제 막 군사가 되었고, 숭무련의 혼란을 정리해야 할 때니까.

그 이후에는 자신을 찾아 죽일 것이다.

그의 업적으로 삼기에 아주 좋은 먹이가 자신일 테니까.

아마도 자신이 은살림에 의뢰한 증거도 이미 모두 가지고 있을 것이다.

자신은 선문강이 그린 커다란 그림의 일부였을 뿐이다.

하지만 순순히 그 그림이 완성되게 둘 수 없었다. 그래서 향산을 찾았다. 더 강해지기 위해서.

사람이 많은 해미성을 피해 일부러 읍성 쪽으로 왔다. 그리고 동면을 통해 북면으로 접어들었다.

해미성을 통해 북면으로 들어서는 길에는 무림인이 너무 많았다. 허황된 꿈을 좇는 부나방 같은 자들이다.

특히나 겨울에 많다고 했다.

왜인지 겨울에는 북면을 드나드는 것이 조금은 쉽다고 했다.

"이게 쉬운 것이면, 다른 계절에는 어떻다는 건지……."

단리유화가 낮게 한숨을 내쉬었다.

그녀가 모르는 것이 있었다.

이미 향산의 계절은 겨울의 끝자락을 지나 봄의 첫 자락을 잡으려 한다는 것을.

북면의 마기가 다시 진해지고 있다는 것을 그녀가 알 리 없었다.

북면이라 생각되는 곳에 진입한 후 사방에서 튀어나오는 맹수에게 곤욕을 치렀다.

맹수가 맹수가 아니었다.

내공이 들어간 권격을 맞아야 그나마 충격을 받았고, 어떤 녀석은 강기를 입힌 권격을 내질러야 죽일 수 있었다.

세상에 알려진 북면은 그 실체가 너무 축소되어 있었다.

"그리고 이곳은 나와 상성도 안 좋아."

너덜너덜해진 권갑(拳甲)을 펼쳐 보며 중얼거렸다.

인면수심의 악마와 같은 신도운악이지만, 일단 주변의 눈을 의식해서인지 제자들에게 무공을 가르치기는 했었다.

정성을 다해 가르치지는 않았지만 기본적인 것은 가르치고 자신의 독문무공의 비급도 전해줬다.

하지만 가장 중요한 구결을 해석할 그 어떤 단초도 알려주지 않았기에, 반쪽짜리 무공이나 다름 없었다.

그럼에도 대단한 무공이었다.

붕뢰권황의 독문무공다웠다.

묵천붕뢰권(墨天崩雷拳).

패도의 극을 달리는 권법이었다. 무엇이든 부숴 버리는 주먹.

단리유화가 익히기에는 어려움이 많았다.

패도적인 만큼 많은 내공을 필요로 하는 것이 첫 번째였다.

묵천심법은 훌륭한 심법이었으나 그래도 내공이 모자랐다.
영약의 도움이 필요했으나 그런 것은 구경조차 할 수 없었다.

무려 숭무련주의 제자였음에도 불구하고 말이다.

거기에 사부는 일절 도움을 주지 않았다. 그래서 홀로 익혀
야 했다.

가장 핵심적인 구결은 아직도 무슨 의미인지 모른다.

그런 악조건 속에서도 단리유화는 묵천붕뢰권의 성취가 칠
성에 이르렀고, 강기도 만들어내는 경지에 올랐다.

믿을 수 없는 성과다.

사형제들 중 가장 뛰어난 실력이었다. 숭무련의 권력 구도로
인해 신도운악의 제자가 된, 유력 가문의 자제들보다도 뛰어난
성취였다.

하나 거기까지였다.

이 이상 나갈 수가 없었다.

단리유화의 앞을 가로 막은 벽은 절대 넘을 수도, 부술 수도
없는 철벽이었다.

그때 접근한 이가 선문강이다.

단리유화는 벽을 넘을 돌파구로 내공의 증진을 선택했고, 은

밀히 이곳까지 왔으나 또 다른 벽을 만났다.

이곳의 맹수와 마수라는 것들은 단리유화의 주먹으로만 상대하기에는 너무 어려웠다.

사람과 사람의 싸움이라면 모르되, 맹수와 사람의 싸움이 되니 병기의 필요성을 절감했다.

아니, 보통의 맹수라면야 두 주먹으로 때려잡을 수 있다.

그런데 이곳의 맹수는 달랐다. 아무래도 병기가 있어야 할 것 같다는 생각이 들었다.

하지만 알고 있는 병기술이 없다.

그녀는 두 주먹을 쓸 때 가장 아름답고, 가장 강했다.

"일단 이곳을 벗어나서 좀 쉬어야 해. 그리고 다시 생각하자."

휴식을 마친 단리유화는 다시 걸음을 옮겼다.

그녀가 향하는 곳은 동면 쪽이었다.

이 이상 북면에서는 버틸 수 없음을 깨달은 것이다.

그렇게 걸음을 옮기는 그녀가 착각하는 것이 한 가지 있었다. 이곳의 마수들은 병기가 있다고 해서 쉬이 상대할 수 있는 것들이 아니었다.

병기의 유무가 중요한 것이 아니라, 마수를 압도할 수 있는 강함이 중요한 것이다.

'읍성에 객잔은 있겠지?'

따뜻한 물에 목욕을 하고 푹 쉬고 싶다는 생각이 떠올랐다.

단리유화의 걸음이 빨라졌다.

                    *   *   *

　　단리유화가 숭무련을 떠나고 보름의 시간이 흘렀다.

　　선문강은 은밀히 자신이 포섭한 무력부대를 불렀다.

　　암영대.

　　숭무련의 궂은 일을 하는 무력 부대다.

　　사대 세력 중 경천회와 숭무련은 정도를 표방하는 세력이지
만 그 성격은 조금 달랐다.

　　철저히 정도를 걷는 것을 자긍심으로 여기는 경천회와 달리
숭무련은 어두운 곳에서는 나름의 수단을 사용했다.

　　그때 사용하는 검 중 하나가 바로 암영대다.

　　선문강은 부군사이던 시절부터 암영대의 포섭에 공을 들였
고, 군사가 되는 순간 가장 먼저 한 일 중 하나가 암영대에 자
신의 사람들을 채워넣는 것이었다.

　　결국 암영대는 완전히 선문강의 수족이 되었다.

　　공야무도 모르는 일이다.

　　삼백 명으로 구성된 암영대가 완전히 선문강의 손에 떨어졌
다.

　　"암영대주."

　　"네."

　　그 암영대주가 지금 선문강의 뒤에서 그의 명을 기다리고
있었다.

"아직 련이 많이 혼란스러워."

"그렇습니다."

"그래서 오히려 암영대에는 신경을 못 쓰는 상황이지."

"그렇습니다."

선문강이 작게 고개를 끄덕였다.

"그렇다면, 이럴 때 해치워야지. 단리유화. 그녀의 시체를 가지고 와. 그 이후는 내가 알아서 하지. 이제 그림 한쪽을 완성해야지."

"존명."

선문강의 명령에 암영대주는 조용히 사라졌다.

*　　　　　*　　　　　*

"사흘이 지났습니다. 노야."

뒤에서 들려온 수하의 보고에 우문기영의 얼굴이 딱딱하게 굳었다.

지금까지 이런 일이 없었건만.

은월의 연락이 사흘 째 끊겼다.

은월은 임무를 나갈 때면 이틀에 한 번은 생존 연락을 취했다.

그런데 벌써 사흘 째 아무 연락이 없다. 이제 나흘이다.

무슨 일이 생겼다는 소리였다.

"그렇게 위험한 일이 아니었거늘……."

우문기영이 알 수 없다는 얼굴로 중얼거렸다. 지금까지의 상황으로 봐서는 은월이 실패했다고 봐야 했다.

그렇다면 다른 수단을 사용해야 한다.

"현재 향산 근처에 있는 다른 비은팔호법이 누가 있지?"

"한 달 전 유검(流劍) 호법이 해미성으로 갔습니다."

경천회의 모용혜가 회복했다는 소식을 듣고, 향산 북면에 관련된 조사를 위해 보냈었던 사실이 떠올랐다.

"그럼 유검을 보내봐야겠군."

우문기영은 지필묵을 꺼내 두 개의 서신을 작성했다.

목이문으로 보낼 것은 단단히 봉인을 하고, 유검에게 보내는 서신을 따로 봉했다.

"전서웅으로 보내도록."

우문기영이 내민 서신을 수하는 공손히 받아들고는 바쁜 걸음으로 방을 나섰다.

"이제, 이십팔 년, 아니, 이십칠 년 남았는가? 아직 시간이 많이 남았지만… 아무래도 불안해. 벌써부터 틀어지는 것들이 생기다니. 진을 한번 살펴봐야겠군."

우문기영은 자리에서 일어나 자신의 집무실을 벗어났다. 그러고는 역천의 술법이 설치된 진으로 향했다.

진은 그대로였다.

오직 진을 발동시킬 자연지기가 바닥이 나 있을 뿐이다.

몇백 년의 세월은 보내야 발동을 위한 자연지기가 모두 찰 터다.

이제 고작 이 년이 좀 넘는 시간으로는 여전히 기운은 바닥이었다.

"강제로라도 자연지기를 채워 넣어야 하는 것인가? 고민이군. 이 불안한 기분 때문에……"

우문기영은 혼잣말을 중얼거리며 가만히 술법진을 보며 서 있었다.

해미성은 오늘도 바쁜 사람들이 거리를 가득 채웠다.

향산에서 약초가 가장 많이 나는 북면에 위치해 있다 보니 수많은 사람들이 약초 거래를 위해 바삐 오갔다.

대륙에서 제일가는 품질의 약초가 이곳 해미성에서 거래가 됐다.

가끔 운 좋은 약초꾼이 북면에서 영초를 캐오기도 하기에, 해미성은 무림인과 상인들이 늘 북적거렸다.

마수가 나오는 영역까지는 못 들어가더라도, 북면에는 좋은 약초가 많았기 때문이다.

사람이 많은 대로에서 조금 벗어난 길에 작은 약초를 깔아놓고 앉아 있는 노점도 있었다.

그 노점 중 한 자리를 차지한 노인이 하늘을 올려다보곤 허리를 툭툭 치며 자리를 정리했다.

"오늘은 영 안 될 모양이구만."

장사를 접기에는 아직 이른 시간이었기에 다른 노점상들은 이상하다는 눈길로 노인을 바라보았다. 그러나 경쟁자 하나가 줄었기에 누구도 노인에게 말을 걸거나, 말리거나 하지 않았다.

노인은 천천히 걸음을 옮겨 점점 인적이 드문 골목으로 들어갔다.

인기척이라고는 전혀 없는 곳에서 주변을 잘 살핀 노인은 입술을 오므려 휘파람을 불었다.

하지만 아무런 소리도 나지 않았다.

잠시 후. 머리 위로 잔바람이 일며 날카롭게 생긴 매 한 마리가 노인에게 날아 내렸다.

섬뜩하게 빛나는 발톱에 아랑곳 않고 노인은 왼팔을 내밀어 매가 내려앉게 했다.

아무런 보호장구가 없음에도 매가 내려앉은 노인의 팔은 옷자락조차 상하지 않았다.

오른손으로 매의 발목에 달린 전통에서 서신을 꺼내 매를 다시 날려 보낸 노인은 순식간에 모습을 감췄다.

노인은 저녁 즈음에 해미성 남쪽 관도를 걷고 있었다.

향산 동면을 거쳐 남면으로 향하기 위함이다. 그런 노인의 얼굴은 어두웠다.

"은월 호법의 소식이 끊겼다니……."

읍성에 객잔은 그리 많지 않았다.

그나마 목욕이 가능한 곳을 알아보니 두세 곳 정도였다.

단리유화는 그중 가장 깔끔해 보이는 곳으로 방을 잡고는 따뜻한 목욕물에 몸을 담갔다.

절로 기분이 좋아지고 온몸의 피로가 풀리는 듯했다.

큰마음을 먹고 호사 부리기를 잘했다는 생각이 들었다.

긴장이 풀어지니 온갖 생각이 떠올랐다.

"내가 너무 성급하게 떠난 것일까?"

북면에서 영약을 얻는 것이 생각만큼 순조롭게 이루어지지 않았기에 든 생각이다.

하지만 그때가 아니었으면 적절한 때를 찾지 못했을 것이다.

다시 생각해도 자신이 숭무련을 떠난 때는 절묘했다. 단지 그 이후의 일이 생각대로 풀리지 않고 있을 뿐이다.

"해미성으로 가야 할까?"

향산의 약초와 영약은 해미성으로 모이는 것을 잘 알고 있었다. 하지만 그녀는 그것을 구입할 돈이 없었다.

결국 스스로 구해야 함인데, 약초꾼이 아닌 이상은 쉽지 않은 일이다.

그렇다고 약초꾼을 대동하여 북면에 들어가자고 하니, 그곳을 따라갈 약초꾼이 있을 리 만무했다.

"막막하네."

숭무련을 떠날 때만 해도 어떻게든 될 것 같았지만, 막상 부딪혀 보니, 막막하기 짝이 없었다.

이러고 있는 동안에도 선문강은 차곡차곡 자신의 계획을 실현하고 있을 것이다. 때가 되면 자신을 찾겠지.

"뭐, 복수는 했으니까… 라고 만족할까?"

자조적인 얼굴로 중얼거렸다. 이내 고개를 세차게 저었다.

"그래도 발버둥은 쳐봐야지. 그냥 복수했다고 만족할 거였으면… 그때 그냥 죽었지."

단리유화는 결연한 얼굴로 다짐했다. 그러나 막막한 현실에 다시 풀이 죽었다.

얼마나 그러고 있었을까.

욕조의 물이 조금 식었다는 느낌이 들었다. 너무 오래있었다는 생각에, 단리유화는 몸을 닦고는 옷을 갖춰 입고 욕실 밖으로 나왔다.

단리유화가 욕실을 나온 것을 확인한 객잔 여점원이 욕실 정리를 위해 들어갔다.

목욕 직후 발그래진 얼굴로 객잔의 식당으로 내려왔다.

간단한 요깃거리를 시키고 앉아 있으니 온갖 이야기가 들려왔다. 시끄러운 자리에는 어김없이 술병이 있었다.

단리유화는 딱히 술 생각이 없었기에 소면과 만두 정도만 시키고 앉아 있었다. 돈을 아껴야 했다.

"허어. 서희 상단이 재기에 성공했다고?"

"그렇다니까. 그 약초꾼 장씨 있지? 그 친구랑 같이해서 재기했다는구만. 동면에서 영초를 캐 와서는 그걸로 밑천을 삼았다나? 게다가 그 밑천으로 이번에는 천화국에서 향신료를 가져왔으니. 이제 예전보다 더 커질 일만 남았지."

"맞아, 맞아. 저 건넛집 장팔이 알지? 예전에 서희 상단에서 일했던?"

"알고말고."

"이번에 다시 일해줄 수 있냐고 연락을 받았다는구만. 박 단주에게. 아직 일을 시작도 안 했는데, 한 달치 월봉을 미리 줬다고 하더라구."

사내 셋이 둘러 앉아 시끄럽게 이야기를 나누고 있었다.

그 이야기의 한 곳에 단리유화가 깜짝 놀랐다.

'동면에서 영약을?'

그녀에게 간절한 것이 들렸던 것이다.

'약초꾼 장씨라고?'

읍성이 작은 곳이지만, 약초꾼 장씨는 많을 것 같았다. 그중에 어찌 찾을까 고민하던 차에 해답은 그들의 대화에 있었다.

'서희 상단의 박 단주와 친분이 있는 약초꾼 장씨를 찾아야겠구나.'

그 와중에 주문한 음식이 나왔다.

단리유화는 만두를 한 입 베어 먹으며 다음 날의 일정을 정할 수 있었다.

일단 서희 상단이라는 곳을 찾아야 할 것이다.

그리고 그곳에서 약초꾼 장씨의 소재를 파악해야 한다.

그 이후는?

'바짓가랑이라도 잡고 부탁해야 하나? 눈물로 호소를 해야하나?'

어떻게 해야 그가 자신을 도와줄까.

그것이 가장 큰 고민이었다.

하나를 해결할 수 있을 듯하니, 다른 고민이 찾아왔다.

'돈만 있었어도……'

늘 돈이 문제였다.

숭무련은 중원을 기준으로 대륙의 북서쪽에 위치한다.

북서성도라 불리는 숭무련의 근거지 항원성을 떠난 암영대
는 단리유화의 흔적을 쫓았다.

은밀히 움직인다고 노력한 듯했으나 그 흔적을 쫓는 것은 어
렵지 않았다.

그 또래에서는 유일하게 강기를 사용할 수 있는 고수가 그녀
였다.

그래서 암영대주는 휘하의 삼백 명 중 절반인 백오십의 인
원을 데리고 나왔다.

단리유화의 흔적은 남서쪽으로 이어져 있었다.

"변방으로 간 것인가?"

그녀의 행로를 쫓으며 든 생각이다.

이곳에서 계속해서 남서쪽으로 나아가면, 사막이 나오고, 사
막을 넘으며 천화국이었다.

그러나 이틀 정도의 추적 후 그 생각은 바뀌었다.

어느 지점에 이르자 그녀는 곧장 남하했던 것이다.

암영대주는 자신이 쫓고 있는 경로를 머릿속에 그리며 곰곰
이 생각했다.

그녀는 과연 무슨 목적으로 이 길을 따라가고 있는 것일까.
이 길의 끝에는 무엇이 있을까.

이윽고 머릿속을 스치는 곳이 있었다.

"향산."

대륙 제일의 신비라고 불러도 될 곳이다.

향산의 북면과 남면은 그럴 가치가 있는 곳이었다.

단리유화가 향산으로 향하는 것일지도 모른다는 생각이 들자 그녀에 대한 평이 떠올랐다.

'내공의 부족으로 더 높은 경지에 이르지 못한 천재.'

이것이 숭무련 내의 그녀의 평가였다.

그러고 보면 전대 련주의 제자들에 대한 행동을 이해할 수 없었다.

사대세력의 후기지수들 중 최고의 재능을 지녔다는 평을 듣는 이가 단리유화였다.

아직 서른이 되지 않은 나이에 강기를 이루는 경지에 오른 이는 몇 되지 않는다.

그런데 그녀는 내공의 부족이 벽이 된 경우였는데, 전대 련주는 그녀를 도와주지 않았다. 자신의 제자가 그런 상황에 처하면 어떻게든 내공을 늘릴 수 있게 도와주는 것이 사부의 마음이 아닐까.

하물며 무림의 왕 중 한 명인 숭무련의 련주가 사부인데 말이다.

이제는 이 세상에 없는 사람이지만, 전대 련주의 행동에는 이해 못 할 부분이 있었다.

'내가 알 필요는 없는 일이지만.'

련의 궂은일을 하기에 암영대주는 잘 알고 있었다. 몰라도 되는 일은 알려 하면 안 된다는 것을.

'내공의 문제를 해결하려고 하는 모양이군.'

향산 북면 근처에 위치한 해미성에 간다면 내공을 늘려줄 영약을 구할 수는 있을 것이다.

'선 군사가 자신을 노릴 것을 알고 있었던 것인가?'

선문강에게서 단리유화를 죽이라는 명을 받고 나온 암영대다.

그녀를 쫓다 보니, 그녀는 더 강해지기 위해 움직이고 있는 듯했다.

똑똑한 그녀다. 무언가 알고 있기에 저렇게 움직이는 것이리라.

'선 군사의 그림이 대체 어떤 것이길래?'

문득 선 군사가 그리는 그림에 대한 의문이 일었다. 그러나 이내 의문을 지웠다.

자신이 알 필요가 없는 일이다.

자신은 그저 수족이다. 머리가 되려 하면 안 된다.

암영대주는 일단 목적지를 해미성으로 잡고 움직였다. 그러자 추적이 빨라졌다.

그녀의 흔적을 일일이 찾으면서 움직이는 것과, 목적지를 추측하고 그곳을 향하면서 그녀의 흔적을 확인하는 것은 확실히 달랐다.

추적에 속도가 더해졌다.

그러나 어느 지점에서 그녀의 흔적이 사라졌다.

암영대주의 미간에 주름이 생겼다.

자신의 추측이 틀린 것이다.

"해미성으로 향하지 않았다고?"

있을 수 없는 일이다. 그렇다면 굳이 향산 쪽의 경로를 잡을 이유가 없었다.

'그녀는 지금 부족한 내공의 문제를 해결하려고 하고 있다. 그렇다면 현재 가장 쉬운 방법은 영약을 섭취하는 것. 영약을 구하려면 향산 북면으로 들어가거나, 해미성에서 구입을 해야……'

거기까지 생각을 이어가던 암영대주는 무엇인가를 깨달았다. 그리고 그녀의 흔적이 끊긴 이유를 알 수 있었다.

"그녀는 돈이 없다."

그렇다. 그녀는 돈이 없었다.

무려 숭무련의 련주의 제자가 돈이 없다? 있을 수 없는 일이지만 사실이었다.

전대 련주 신도운악은 제자들이 련의 일에 관여하는 것을 철저히 막았고, 금전적인 부분에 있어서도 아무런 지원이 없었다.

든든한 가문이 있는 제자들은 상관이 없었지만, 신도운악이 천하를 주유하며 데리고 온 제자들은 큰 문제였다.

기본적으로 련에서 지원되는 물품으로만 생활을 해야 했다.

미리 련주의 제자에게 줄을 대려는 이들이 뇌물 비슷하게 제자들에게 제공한 적이 있었다. 그 사실이 발각되고 그 자들은 모두 련에서 쫓겨났다.

신도운악이 단호히 대처한 것이다.

그래서 배경이 없는 신도운악의 제자들은 련주의 제자라는 말이 무색하게 궁핍했다.

제자들에게 월봉 비슷한 형태의 돈이 매달 지급되었으나, 아주 적었다. 신도운악이 그렇게 만들었다.

제자들을 향한 그의 그런 태도는 련의 사람들에게 칭송을 받았다.

공명정대한 련주라는 칭송이 줄을 이었다.

자신의 자식이나 다름없는 제자들조차 련의 일반 무인들과 동등하게 대하는 그의 그런 태도는 그의 청렴함의 상징이 되었다.

그랬던 그가 살수의 손에 죽었기에 사람들은 분노한 것이다.

단리유화가 그동안의 월봉을 모두 안 쓰고 모았다 하더라도 영약을 사기에는 어림없는 수준이다.

"설마 북면에 직접 들어가려고?"

이내 고개를 절레절레 저었다.

단리유화는 똑똑한 여인이다. 그런 미친 짓을 할 리 없었다.

그러나 확인은 해야 했다.

암영대주는 수하들을 불러모았다.

그리고 세 곳으로 나누어 그녀의 흔적을 찾게 했다.

북면으로 향하는 길, 해미성으로 향하는 길, 그리고 향산 동면으로 향하는 길.

이 위치에서 그녀가 향산으로 향했다면 갈 수밖에 없는 길 세 곳이었다.

오래지 않아 그녀의 흔적을 찾았다.

'동면이라… 무슨 생각이지?'

그녀의 생각이 중요한 것은 아니었다. 그런데 문득 궁금해졌다.

이상하게 이번 임무에는 생각이 많아진다.

그러면 안 되는데.

암영대주는 추적을 계속했다.

그리고 지금.

사방이 어둠에 뒤덮인 깊은 밤.

암영대주와 백오십의 암영대는 읍성의 성벽을 마주하고 있었다.

『홍원』 3권에 계속…

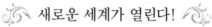

초대형 24시 만화방

신간 100%, 샤워실, 흡연실, 수면실(침대석), 커플석, 세탁기 완비

■ 시흥 정왕25시점 ■

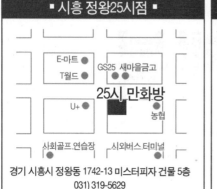

경기 시흥시 정왕동 1742-13 미스터피자 건물 5층
031) 319-5629

■ 강북 노원역점 ■

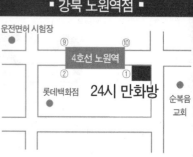

서울 노원구 상계동 340-6 노원역 1번 출구 앞 3층
02) 951-8324 (화용빌딩 3층)

■ 일산 정발산역점 ■

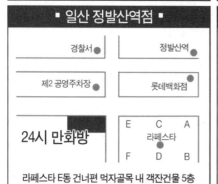

라페스타 E동 건너편 먹자골목 내 객잔건물 5층
031) 914-1957

■ 일산 화정역점 ■

경기도 고양시 덕양구 화정동 984번지 서일빌딩 7층
031) 979-4874 (서일사우나 건물 7층)

■ 부천 역곡역점 ■

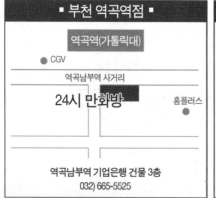

역곡남부역 기업은행 건물 3층
032) 665-5525

■ 부평역점 ■

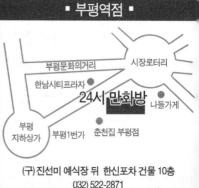

(구) 진선미 예식장 뒤 한신포차 건물 10층
032) 522-2871